시간을 잇는 선술집

시간을 잇는
선술집

야마구치 에이코 지음
권하영 옮김

BOOK PLAZA

· 목차 ·

제1화

이탈리안 요리사의
우울

쿵 떨어지는 느낌에 아키호는 눈을 번쩍 떴다. 반상에 엎드린 채 깜빡 잠들었나 보다.

고개를 들고 괘종시계를 올려다보니, 오후 네 시가 지났다. 슬슬 밑 작업에 들어갈 시간이다.

"하아암."

아키호는 양팔을 올리며 크게 기지개를 켜고 일어섰다. 실제로 소리를 내지는 않았지만, 속에서는 자연스레 '아이고'라는 신음이 새어 나왔다. 젊었을 때는 자신이 이런 노인 같은 말과 행동을 하게 될 줄은 상상도 못 했다.

어쩔 수 없다. 벌써 오십이니까.

쓴웃음을 누르며 거실과 연결된 주방으로 향했다.

신코이와역은 소부선 급행열차가 서는 역이지만, 양옆에 있는 히라이역과 코이와역보다 30년 정도 늦게 생겼다. 원래는 역 이름을 '시모사코마츠역'으로 지으려고 하다가 '코이와 앞에 있는 역'이라는 의미에서 '신코이와역'이라고 지었다고 한다.

역 남쪽에는 루미에르 상점가라는 한때 일본에서 가장 긴 길이를 자랑하던 아케이드 상점가가 있다. 전국 각지에서 문을 닫는 상점가가 늘어나는데도 이곳에서는 모든 가게가 정상적으로 영업 중이니 아주 대단한 일이다.

그 주변 골목에도 작은 음식점이 즐비하고, 역 근처에는 러브호텔도 몇 곳 있다. 오래전에 환락가를 형성했던 흔적이었다.

다시 말해 신코이와는 소박하고 서민적인 번화가이자, 약간의 예스러움과 저속함이 남아 있는 지역이다.

요네다 아키호는 역 뒤편 식당가에서 〈요네야(米屋)〉라는 선술집을 운영한다. 한자로 적으면 쌀집(米屋)과 똑같아져서 가게 이름을 〈요네야(よね屋)〉로 표기하자고 했지만, 남편인 마사요시는 "귀찮으니까 이대로 하자"며 간판과 포렴 모두 〈요네야(米屋)〉라고 적힌 기성품을 사다가 걸어 버

렸다. 물론 식당이 늘어선 거리에서 선술집을 쌀집으로 착각하는 사람은 없겠지만….

마사요시는 10년 전 심근경색으로 세상을 떴다. 아니, 사인이 심근경색이었는지는 확실치 않다. 어느 날 아침 눈을 떠 보니 옆에 누운 마사요시가 숨을 쉬지 않았다. 그냥 잠든 것 같은 얼굴이었다. 베개에 똑바로 머리를 누인 채 괴로운 기색 없이 마냥 평온한 표정이어서 당장이라도 눈을 뜰 것만 같았다.

그래서 아키호는 곧바로 119에 전화를 걸어 "저기, 남편이 숨을 쉬지 않는 것 같은데요"라고 말했다. 지나고 생각해 보니 우스운 일화지만, 그때는 마사요시가 죽었다는 것을 도무지 믿을 수 없었다.

아키호는 식칼을 쥔 손을 멈추고 뒤돌아서 주방 한쪽에 놓인 마사요시의 사진으로 눈길을 던졌다.

'당신 덕분에 내가 정말로 술집 사장이 됐네.'

사진 속 마사요시는 낚시용 모자와 조끼를 입고 남의 얘기라는 듯 태연하게 웃었다. 《낚시 바보 일지》의 주인공인 하마 씨 못지않은 낚시광이라 영정 사진까지 낚싯배에서 찍은 사진이었다.

벽에는 낚시 성과를 기록한 어탁이 몇 장이나 붙어 있었다. 오래되어 살풍경한 선술집의 유일한 장식품이었다.

도미나 넙치 같은 대물은 잡을 때 한 번, 어탁을 뜰 때 한 번, 총 두 번 기쁘다면서 물고기에 먹을 칠하던 마사요시의 흐뭇한 표정이 아직도 어제처럼 생생하다.

아키호는 국자를 들고 냄비에서 우엉과 소 내장을 한 조각씩 떠서 작은 접시에 옮겨 담고 맛을 봤다. 전골에 간이 배면 밑 작업은 끝이다.

"맛있다!"

스스로 기운을 북돋우려고 목소리를 높였다.

아키호가 20년 동안 레시피를 조금씩 보완해서 만든 전골 국물에 초벌로 푹 익혀서 잡내를 없앤 소 내장의 풍미가 진하게 우러났다. 그런 국물을 머금은 소 내장이니 맛없을 리가 없었다. 게다가 푹 익힌 덕분에 젓가락으로 자를 수 있을 만큼 부드러웠다. 함께 넣은 무와 당근, 우엉, 곤약도 알맞게 익었다.

아키호는 내장 전골이 올라간 가스레인지 불을 제일 약하게 줄이고 카운터에서 나가 앞치마를 푼 뒤, 갓 세탁한 하얀 긴소매 앞치마를 걸쳤다. 멋을 부리지는 않아도 청결에는 꼭 신경 쓴다.

포렴을 밖에 꺼내 놓으며 간판 전원을 켜고 출입문에 걸린 '준비중'이라는 안내판을 뒤집어 '영업중'으로 바꿨다.

요네야는 작은 가게라서 카운터석 일곱 개밖에 없다. 허

이탈리안 요리사의 우울

름한 선술집이라 비싼 음식은 팔지 않는다. 그래도 어찌어찌 먹고 살 수 있는 이유는 자택 겸 점포라 월세가 들지 않아서였다.

평소에는 여섯 시에 가게를 열면 금방 단골들이 얼굴을 비치는데, 오늘은 한 시간 넘게 손님이 한 명도 오지 않았다. "이상하네. 어떻게 된 거지?"

아키호는 따분해서 라디오를 켰다. 유선 방송을 설치하지 않아서 FM 방송으로 음악을 들었다. AM 방송에서는 프로야구 시즌이라 그런지 계속 야구 중계만 나왔다.

라디오에서 고메고메 클럽의 〈낭만비행〉이 흘러나왔다. 이어서 토쿠나가 히데아키의 〈망가져 가는 라디오〉, 타케우치 마리야의 〈싱글 어게인〉….

문득 정신을 차려 보니 귀에 쳄발로 곡이 날아들었다. 언제부터 클래식 방송이 나왔지?!

'어머, 내가 선 채로 잠이 들었나?'

당황해서 시계를 보니, 시곗바늘이 이미 열 시를 지났다. 전골냄비를 들여다봤지만, 가장 약한 불이라 졸지는 않았다.

안심해서 가슴을 쓸어내리는데, 유리문 너머에서 사람 그림자가 보였다.

"어서 오세요!"

아키호는 잽싸게 라디오를 껐다.

들어온 사람은 젊은 남자 손님이었다. 처음 보는 얼굴이다. 요네야의 고객은 주로 중장년층 남성이라서 젊은 손님이 귀했다.

"영업하시나요?"

청년의 이름은 테시가와라 진이었다. 처음 오는 가게라 실내를 한번 슥 둘러보고는 조심스럽게 물었다.

"들어오세요, 들어오세요. 원하는 자리에 앉으세요."

그래 봤자 일곱 자리뿐이지만.

진은 정중앙을 피해 끝에서 두 번째 의자에 자리를 잡았다. 아키호가 물수건을 내밀자, 받아서 손을 닦으며 벽에 붙은 차림표를 올려다보았다. 자연스레 어탁들이 눈에 들어왔다.

아키호는 신기한 눈빛으로 어탁을 바라보는 낯선 손님에게 미리 양해를 구했다.

"손님, 죄송해요. 먼저 간 남편의 취미라 저게 붙어 있는데, 우리 가게에는 생선 요리가 없어요."

진은 아키호가 앞에 있다는 사실을 새삼 떠올린 듯 눈을 돌렸다.

"으음, 핫피 주세요."

그다지 실망한 목소리는 아니라서 마음이 놓였다.

이탈리안 요리사의 우울

훗피는 맥주 맛 탄산음료의 일종으로 선술집에서 파는 가장 대표적인 음료다. 이 훗피에 소주를 섞어 마시는 것이 일반적인데, 저칼로리에 저당이고 통풍을 유발하는 푸린도 제로라서 요즘에는 여자들에게도 인기다.

"음료 나왔습니다."

훗피 병 옆에 얼음과 소주를 담은 맥주잔을 함께 내놓았다. 머들러로 섞지 않아야 홉의 풍미가 더욱 살아난다.

냉장고에서 저장 용기를 꺼내 안에 있는 음식을 작은 접시에 담았다.

"이건 기본 안주예요."

작은 접시에 소담하게 담긴 것은 셀러리와 실곤약 유자후추 볶음이었다. 가볍게 데친 실곤약과 셀러리를 잎까지 같이 참기름에 볶고 유자후추로 맛을 내면 끝인 간단한 요리지만….

진은 한 젓가락을 입에 넣고 조금 놀란 표정을 지었다.

맛이 산뜻하고 실곤약과 셀러리의 식감이 대비되어 씹는 재미가 있다. 술과도 어울리지만, 치킨 소테에 곁들여 먹기에도 제격이다. 게다가 사흘 정도는 냉장고에 보관해놓아도 괜찮아서 미리 만들어 둘 수 있어 편리하다.

"이거 맛있네요."

"감사합니다. 원하시면 서비스로 더 드릴게요."

"…주세요."

진은 작은 소리로 말했다. 키는 172나 173센티쯤이고, 조금 마른 체형이었다. 무엇보다 선이 가느다란 인상이었다. 피부가 하얀 데다 요즘 젊은이답게 얼굴이 작고 멀끔해 생김새가 단정한 느낌이었다.

아키호가 기본 안주를 추가로 내놓자, 진은 가볍게 고개를 숙였다.

"이 집 추천 요리는 뭐죠?"

"전골이요. 맛있어요."

아키호는 빙긋 웃으며 덧붙였다.

"그거 말고는 다 대단찮아요. 날림으로 만든 음식들뿐이에요. 〈아사쿠사 키드〉라는 노래에 '전골밖에 없는 고래집'이라는 가사가 있잖아요? 여기는 '전골밖에 없는 선술집'이에요."

진은 아키호에게 전염된 듯 미소 지었다.

"그럼 전골 주세요."

"감사합니다."

작은 사발에 전골을 담고 다진 파를 뿌렸다. 맛술과 된장과 간장을 조금씩 넣어서 간한 전골이다. 마늘은 넣지 않았다.

진은 양손으로 작은 사발을 들고 코에 대더니 눈을 감고

이탈리안 요리사의 우울

천천히 냄새를 맡았다.

"냄새가 좋네요."

"그렇죠? 내장을 데치고 물을 버리고 또 데치기를 반복해서 잡내가 전혀 안 나요."

아키호는 카운터에 놓인 향신료를 가리켰다.

"향신료는 원하시는 대로 뿌려 드세요."

진은 젓가락을 움직여 부지런히 전골을 입으로 가져갔다.

'배가 고팠나?'

아키호는 조금 의외라고 생각했다. 요네야 같은 선술집에는 2차로 오는 손님이 많아서 보통 1차 때 다른 가게에서 웬만큼 배를 채우고 온다. 그래서 안주도 가벼운 것 위주고, 거창한 음식은 내지 않는다.

"손님, 혹시 배고프세요?"

진은 전골 국물을 싹 비우고 사발을 내려놓았다.

"네. 왠지 모르게 점점 더 배가 고프네요. 저녁을 안 먹었거든요."

"원래 먹을수록 더 식욕이 도는 법이죠. 닭고기 좋아해요?"

"…일단은요."

왜 요즘 젊은 사람들은 바로바로 확답하지 않는 것일까. 꼭 말머리에 "일단"이나 "딱히" 같은 군더더기를 붙인다.

아키호는 마음의 소리를 얼굴에 드러내지 않고 다시 미소 지었다.

"중화요리는 어때요? 파 소스를 얹은 삶은 닭 요리가 있는데."

"주세요!"

진은 이 가게에 들어온 이래 가장 힘찬 목소리로 대답하고 맥주잔을 비웠다. 병에는 아직 홋피가 반쯤 남았다.

"나카 더 드릴까요?"

"…나카요?"

"아, 소주요."

선술집 용어로 홋피를 '소토', 소주를 '나카'라고 부른다.

"주세요."

아키호는 작은 유리잔에 소주를 따라서 카운터에 놓았다. 진은 맥주잔에 소주를 남김없이 붓고 병에 남은 홋피를 따르더니 맛있게 한 모금 마셨다.

아키호는 다음 요리를 시작했다. 토마토 하나를 얇게 썰어서 접시에 늘어놓고 삶아 둔 닭다리 살 한 덩이를 냉장고에서 꺼내 먹기 좋은 크기로 잘랐다. 삶은 닭을 토마토 위에 얹고 송송 썬 파를 뿌린 뒤, 간장과 설탕, 식초, 참기름, 생강즙, 물 약간을 섞어서 만든 양념을 부어 마무리했다.

닭다리 살은 항상 삶아서 보관하니 이것도 미리 만들어

이탈리안 요리사의 우울

둔 음식이라고 볼 수 있다. 아무래도 혼자 운영하는 가게라 전골 이외에는 품을 많이 들이고 싶지 않았다. 게다가 주문이 들어왔을 때 음식을 바로바로 내는 것도 중요했다. 손님들이 원하는 것은 술에 곁들일 '안주'지, 가만히 눌러앉아서 음미할 요리가 아니었다.

"고수 올려도 괜찮아요?"

"네. 엄청 좋아합니다."

고수를 싫어하는 손님이 대부분이라 듣기 힘든 대답이 돌아와서 아키호는 기분이 좋아졌다. 손님들에게 인기 없는 고수를 가게에 두는 이유는 아키호가 좋아해서였다.

진은 삶은 닭을 열심히 입에 넣으며 홋피 잔을 기울였다.

"이것도 맛있네요. 중국집에서 전채 요리로 나오는 음식이죠?"

"맞아요, 맞아. 삶기만 했는데도 듬뿍 들어간 사케 덕분에 촉촉하죠?"

아키호는 신나서 자화자찬했다. 그리고 진의 왕성한 식욕을 감지하고 한 마디 덧붙였다.

"괜찮으면 새우 브로콜리 마늘 볶음도 먹어볼래요? 비타민 보충되게."

진은 삶은 닭을 입안 가득 넣은 채 고개를 끄덕였다.

아키호는 냉장고를 열고 삶은 브로콜리와 새우가 든 용

기를 꺼냈다. 프라이팬에 올리브유와 마늘 분말을 넣고 약 불에 올린 뒤 향이 올라올 즈음 브로콜리를 넣어서 고소 하게 구웠다. 새우와 방울토마토를 추가하고 소금과 후추 로 간을 맞춘 다음 전체적으로 따뜻해지도록 데우면 완성 이다.

김이 피어오르는 접시를 앞에 놓자, 진은 또다시 눈을 감 고 코로 공기를 깊이 들이마셨다.

"냄새가 좋네요. 이건 이탈리안 요리인가요?"

"그렇게 대단한 건 아닌데, 그래도 올리브유랑 방울토마 토가 들어갔으니까 이탈리안 요리랑 비슷하죠."

진은 브로콜리를 입에 넣고 다시 가게 안을 휘 둘러보았 다. 어탁에는 잡은 물고기의 종류와 날짜, 잡은 사람과 보 증인의 이름이 적혀 있었다.

"남편분이 실력 좋은 낚시꾼이셨군요."

약간은 사탕발림이겠지만, 진의 말투에는 존경심이 묻어 났다.

"고마워요. 칭찬해주셔서 그 사람도 저승에서 기뻐할 거 예요."

"잡은 고기는 어떻게 하셨어요?"

"먹었어요. 사람들이랑 술안주로 먹을 건 낚싯배에서 해 치우고, 나머지는 집에 가져와서 친구들을 불러다가 잔치를 열었어요."

"재미있었겠네요.《낚시 바보 일지》같아요."

"맞아요, 맞아. 그런 느낌이었어요."

아키호의 뇌리에서 그 시절의 추억이 되살아났다. 회는 마사요시 담당, 튀김과 매운탕은 아키호 담당이었다. 품이 많이 들었지만 재미있었다. 젊어서 그랬을 것이다. 그 시절에는 아키호와 마사요시 둘 다 20대였으니까…….

"부럽네요."

진이 한숨을 푹 쉬었다. 그 표정이 묘하게 쓸쓸해 보였다.

"왜요? 손님도 낚시하면 되잖아요."

"못 해요. 멀미를 하거든요."

"배를 안 타는 낚시도 있어요. 계류낚시나 플라이낚시 같은 거요."

"낚시를 잘 아시네요."

"서당 개 3년이면 풍월을 읊는다잖아요. 남편이 좋아했으니까요."

문득 확인해보니 홋피 잔이 비어 있었다.

"손님, 이다음 술은 어떻게 하실래요?"

"음……."

진은 카운터에 놓인 메뉴판을 집어서 뒤집었다. 앞쪽이 일품요리, 뒤쪽이 주류 차림표였다.

내용은 더없이 빈약했다. 일단은 홋피와 맥주가 있었지만, 맥주는 삿포로 맥주에서 나온 병맥주뿐이었고, 생맥주는 관리하기가 번거로워서 팔지 않았다. 츄하이는 플레인과 레몬과 우롱차 세 종류다. 그밖에는 산토리에서 나온 가쿠 하이볼, 사케는 180밀리리터와 360밀리리터짜리 키자쿠라 혼죠조뿐이었다. 음료수를 주문하는 사람은 거의 없지만, 만일에 대비해 콜라와 우롱차를 구비해 놓았다.

"사케로 할게요."

"데워드릴까요?"

"네. 미지근하게 데워서 180밀리리터 한 병이요."

아키호는 180밀리리터짜리 되에 키자쿠라를 따라서 작은 술병에 옮겨 담았다. 하는 김에 본인 몫의 술병에도 키자쿠라를 붓고 주전자 속 뜨거운 물에 병 두 개를 함께 넣어 데웠다.

"주문하신 사케 나왔습니다."

아키호는 카운터 너머로 술병을 내밀며 진에게 첫 잔을 따라 주고 자작으로 자기 술잔도 채웠다.

"마무리로 뭐 좀 드실래요?"

"음⋯."

진은 술잔을 한 손에 들고 메뉴판으로 시선을 떨어뜨렸다. 식사류로는 주먹밥과 오차즈케가 있었다.

이탈리안 요리사의 우울

"괜찮으시면 오늘은 비빔국수도 돼요."

"동남아식 비빔국수요?"

"으음, 동남아식이라고 할 수 있나? 제 친구가 검은 올리브랑 갓으로 양념 만드는 법을 알려줬거든요."

아키호는 냉장고에서 유리 용기를 꺼내 카운터에 놓았다.

"검은 올리브랑 갓이요?"

진은 호기심 어린 표정으로 용기에 얼굴을 가까이 가져갔다.

"냄새 맡아 봐도 되나요?"

"그럼요, 그럼요."

진은 뚜껑을 열고 콧구멍을 키우며 거무스름한 양념의 냄새를 맡았다. 갓이 발효된 냄새와 딜의 상쾌한 향기, 거기에 생강 냄새도 섞여 있어서 은근히 피시 소스 느낌이 났다.

"처음에 재료를 듣고는 생뚱맞은 조합이라고 생각했는데, 먹어보니 의외로 잘 어울리더라고요. 흰 쌀밥에 올려 먹어도 맛있지만, 삶은 중화면이랑 버무리면 정말 기가 막혀요. 살짝 걸쭉해서 면이랑 한 몸이 돼요."

"그럼 얘기 나온 김에 비빔국수로 할게요."

진은 용기를 카운터에 도로 놓고 술잔을 입으로 가져갔다.

"이 가게 좋네요."

"감사합니다. 손님 참 다정하시네요. 되는대로 대강 만든 음식뿐인데, 이렇게 칭찬해주시다니."

진은 진지한 표정으로 크게 고개를 저었다.

"그런 말씀 마세요. 저는 이탈리안 식당 주방에서 일하는데, 여기는 아주 좋은 가게예요. 있어 보이려고 애쓰지도 않고, 과시하지도 않고. 요리사가 자기 재능을 뽐내면서 뻐기는 느낌을 풍기는 가게에 가면 피곤해요."

"우리 가게랑 손님이 다니는 가게는 수준이 달라요. 여기서 파는 건 그야말로 아마추어 요리고, 저는 요리를 배워본 적도 없는걸요."

아키호는 거기까지 말하다가 조금 숙연해졌다.

"그래도 남편이 살아 있을 때는 훨씬 그럴듯한 요리를 냈어요. 갓 잡은 싱싱한 생선을 손질해서 척척 내놨죠."

벽에 붙은 돌돔 어탁을 가리켰다.

"그 사람, 낚시도 좋아했지만 생선도 좋아했어요. 민물고기보다 바닷고기가 맛있다고 계류낚시는 거의 안 했어요. 플라이낚시는 스포츠라고 전혀 안 했고요."

잔에 남은 술을 들이켜고 말을 이었다.

"남편은 생선 해체를 잘했어요. 도미, 쥐치, 쑤기미, 뭐든 능숙하게 손질했죠. 생선 서덜은 튀김이나 조림 아니면 매운탕으로 만들었어요. 알, 이리, 내장도 버리지 않고 젓갈로 만들었죠. 이 가게를 시작한 이유도 잡은 고기를 버리고 싶지 않아서, 다른 사람들에게 대접하고 싶어서였어요."

아키호는 아득한 곳을 바라보는 눈빛이었다. 어탁 너머로 마사요시의 얼굴이 어렴풋이 보이는 듯했다.

"우리 남편을 보면서 생각했어요. 요리하는 사람은 맛있는 음식 먹는 걸 좋아하고 남들에게 먹이는 것도 좋아하는구나, 라고요."

"맞아요. 백이면 백 그렇죠."

아키호는 크게 고개를 끄덕이는 진이 점점 친근하게 느껴졌다.

"손님도 남편이 살아 있을 때 왔으면 좋았겠어요. 그랬으면 생선 요리만큼은 싱싱한 걸 드릴 수 있었을 텐데."

"하지만 사장님 요리도 훌륭해요. 무엇보다 손님을 기다리게 하지 않고 음식을 바로바로 내셔서 좋아요."

"기다리게 할 만한 음식이 아니니까요."

"그래서 좋습니다. 진짜 선술집다워요."

냄비에서 물이 끓자, 아키호는 중화면을 풀어 넣었다. 삶는 시간은 2분 30초 정도다.

"금방 돼요."

삶은 면을 채반에 옮겨 물기를 뺀 다음 그릇에 담고 검은 올리브와 갓 양념을 뿌린 뒤 양손에 조리용 젓가락을 들고 쌍검술 하듯 잽싸게 비볐다.

"주문하신 음식 나왔습니다."

진은 앞에 놓인 그릇에서 피어오르는 김을 깊이 들이마셨다. 대만스럽기도 하고 동남아스럽기도 해서 다채로우면서 식욕을 돋우는 향기가 콧속을 간질였다.

젓가락으로 면을 건져서 데지 않도록 조심하며 빨아들이자, 향이 확 퍼져서 목구멍을 지나 코로 빠져나갔다. 갓의 짠맛과 올리브의 깊은 맛, 딜의 상쾌함, 생강의 알싸함이 섞여서 면과 혼연일체가 되어 맛을 끌어올렸다.

"맛있다!"

진은 정신없이 면을 입에 넣으며 눈 깜짝할 사이에 대부분을 먹어 치웠다. 그 모습에 아키호는 또다시 입꼬리가 올라갔다.

"물 드세요."

진은 입가를 물수건으로 닦고 컵에 담긴 물을 들이켰다.

"태어나서 이런 건 처음 먹어 봐요. 양념이 끝내줘요."

"어머, 뿌듯하네요. 다음에 친구를 만나면 말해줄게요."

진은 다시 한번 가게 안을 둘러보았다.

"사장님, 사장님은 생선 요리를 안 하세요?"

"저는 생선 손질을 못 하거든요."

"생선 가게에 부탁하면 해줄 거예요. 애초에 회나 생선 블록을 사와도 되고요."

아키호는 내키지 않는 목소리로 대답했다.

"우리 가게에서 해산물 요리를 찾는 손님도 없는걸요. 사 온 걸 그대로 팔기도 거북하고요."

"살짝만 정성을 더하면 돼요."

진은 빈 비빔국수 그릇을 가리켰다.

"예를 들어 이 양념, 회에 곁들이면 훌륭한 일품요리가 될 거예요. 이름하여 동남아식 카르파초. 생강이 들어가니까 일반적으로 생강이랑 먹는 전갱이와 궁합이 좋고 도미나 넙치 같은 흰살생선이랑도 잘 어울릴 거예요. 방어나 잿방어처럼 기름기 많은 생선이랑도 잘 맞겠죠."

"…카르파초."

아키호는 머릿속에서 다양한 회 위에 검은 올리브와 갓 양념을 뿌려 보았다. 듣고 보니 다 맛있을 것 같았다.

그때, 잡은 고기를 손질하던 마사요시의 모습이 눈앞에 어른거렸다.

"전갱이 하니까 생각나는데, 예전에는 다지거나 튀겨서 내놓으면 인기가 정말 많았어요. 갓 잡은 전갱이를 손질해서 튀기면 냉동한 거랑은 차원이 다르거든요. 살이 통통하게 올라서 기름이 좌르르 흐르고 깊은 맛이 나죠. 다진 전갱이도 맛있었어요. 흔히들 아는 레시피로 만들어도 인기였지만, 된장을 넣어서 무치거나 양하를 썰어서 으깬 매실장아찌랑 참기름으로 버무리는 식으로 변형한 것도 반응이 좋았어요."

"가게에서 다시 팔면 좋겠네요."

아키호는 힘없이 시선을 돌렸다.

"안 돼요, 안 돼. 갓 잡은 생선이랑 슈퍼에서 사온 생선은 하늘과 땅 차이예요."

"사장님, 아까 해산물 요리를 찾는 손님이 없다고 하셨잖아요. 거창한 해산물 요리 말고 생선으로 만든 간단한 일품요리를 메뉴에 넣어 보세요. 레퍼토리가 늘어나면 손님들도 좋아할 거예요."

진은 몸을 살짝 앞으로 내밀었다.

"방금 사장님이 말씀하신 다진 전갱이 변형 레시피는 그대로 써도 될 것 같아요. 슈퍼에서 사온 회도 그렇게 약간의 정성만 들이면 맛있는 안주로 변신할걸요."

아키호는 진의 얼굴을 다시 보았다. 이탈리안 식당 주방에서 일한다는 이 젊은이는 진심으로 그렇게 생각하는 걸까?

"서양식으로 전갱이 타르타르를 만들어도 맛있어요."

"전갱이 타르타르요?"

이탈리안 요리사의 우울

"다진 전갱이의 친척 같은 거예요. 전갱이 살을 1센티 크기로 네모나게 썰어서 소금이랑 후추를 넉넉히 치고 레몬을 짜서 뿌려요. 적양파랑 오이, 노란 파프리카를 5밀리로 깍둑썰기 하고 가볍게 다진 케이퍼랑 전갱이, 채소를 한꺼번에 볼에 넣고 섞은 다음 소금 후추, 레몬즙, 올리브유로 간하고 마무리로 민트를 넣으면 완성이에요."

아키호의 머릿속에 어렴풋하게나마 서양식 다진 전갱이 같은 이미지가 떠올랐다.

"타산 시마라는 사람의 레시피인데, 이 가게에서 팔아도 잘 먹힐 것 같아요. 다진 전갱이를 만들 줄 알면 금방 만들 수 있어요. 빵에 올려 먹어도 맛있어요."

"케이퍼라면, 훈제 연어 위에 올라가는 초록색 알갱이요?"

"네, 가볍게 썰어서 올리면 생선 비린내를 없애주고 맛의 포인트가 되는 기특한 재료예요. 케이퍼가 없으면 생강 초절임이나 락교, 피클처럼 신맛과 염분이 있는 재료로 대체할 수 있어요. 민트도 대파나 고수로 대체할 수 있고, 일본식으로 만들고 싶으면 양하나 차조기를 넣어도 돼요."

전갱이 타르타르 만드는 법을 설명하는 진의 눈이 생기 넘치게 빛났다.

"맛있겠네요."

"속는 셈 치고 한 번 도전해 보세요. 틀림없이 맛있을 거예요."

"내일 전갱이를 사와야겠어요."

아키호는 자기도 모르게 진의 열의에 이끌려 도전 정신이 솟았다.

"정말요?"

"네. 왠지 해보고 싶네요."

"그럼 제가 내일 또 올게요. 책임이 있으니까."

"어머나, 고마워요. 기다릴게요."

그렇게 말하긴 했지만 머릿속으로는 '또 온다는 사람치고 진짜 오는 사람 없다'는 선술집의 상식을 떠올렸다. 하지만 그와는 별개로 진을 향한 호의와 존경심은 커졌다.

"그나저나 손님, 젊은데도 대단하시네요. 역시 제대로 요리를 공부한 사람은 다르구나. 순식간에 새로운 메뉴를 몇 개나 생각해냈잖아요."

"대단하기는요."

진은 자신을 낮추며 말했지만, 칭찬이 불쾌해지는 않은 듯했다. 아키호의 태도가 진지해서 아마 빈말이 아님을 알았을 것이다.

"손님 같은 선생님이 있으면, 주부들한테 엄청 도움이 될 거예요."

아키호는 자신의 잔을 채우려고 했지만, 술병이 벌써 비어서 술 몇 방울만 떨어졌다.

"손님, 감사의 뜻으로 제가 살 테니까 술 조금 더 드실래요?"

"좋죠. 저도 마시고 싶었으니까 같이 마셔요."

진의 들뜬 기분이 느껴져서 아키호도 기뻤다.

"감사합니다. 그럼 사양 않고 마실게요."

아키호는 술병에 술을 옮겨 담았다.

"주부들은 매일매일 고생이에요. 영양가랑 지갑 사정도 고려해야 하고, 냉장고에 남아 있는 식재료랑 할인판매 전단지를 비교해 가면서 식단을 짜야 하니까 여간 어렵지 않아요. 저도 이 장사를 시작하기 전에는 일하면서 동시에 살림을 해서⋯."

주전자 속 뜨거운 물에 술병을 살며시 담갔다.

"손님 같은 지인이 있어서 조언을 들을 수 있으면 엄청 도움이 되겠어요. 재료를 낭비하거나 식단이 매일 똑같아질 일도 없겠죠."

진은 무언가가 떠오른 듯 고개를 옆으로 기울였다.

"우리 어머니도 힘드셨으려나."

"그야 힘드셨겠죠, 당연히."

아키호는 주전자에서 술병을 꺼내 수건으로 물기를 닦

았다.

"손님이 집에 가서 이것저것 조언해드리면 분명 어머니가 기뻐하실 거예요."

"저희 어머니는 돌아가셨어요. 제가 고등학생 때."

"죄송해요. 제가 괜한 소리를 했네요."

아키호는 고개를 숙였지만, 진은 고개를 저었다.

"아닙니다. 괜한 소리는 제가 했죠."

그리고 진심을 담아 말을 이었다.

"사장님이 무슨 말씀을 하시는 건지 잘 알아요. 식당에 신입으로 들어가면 선배들이랑 같이 먹을 식사를 만드는 것도 과제거든요. 제 밑으로 새로운 신입이 들어올 때까지 4년 동안, 밑 작업 하고 남은 재료를 모아다가 요리하는 사람은 저였어요. 비싼 재료는 못 쓰고, 매일 변화도 줘야 해서 정말 힘들었어요. 아마 주부들도 비슷한 고충을 겪겠죠."

말의 내용과 달리 진은 불만스럽다기보다는 즐겁다는 듯 말했다.

"제가 식사를 만들면 반응이 꽤 좋았어요. 남는 재료로 이리저리 궁리하면서 메뉴를 짜는 것도 재미있었고요."

"손님, 행복하시겠어요."

"네?"

"요리를 좋아하고 요리에 재능이 있잖아요. 좋아하는 일

이탈리안 요리사의 우울

이 자신에게 잘 맞기만 해도 행운인데, 심지어 좋아하는 일이 직업이니까 엄청나게 행복한 사람이죠."

진은 기습을 당한 것처럼 얼굴에 당황스러움이 묻어났다. 어쩌면 지금까지 자신이 행운아라고 생각해 본 적이 없었을지도 모른다. 진은 무언가를 떨쳐내듯 고개를 흔들었다.

"저는 재능이 없어요."

표정이 당황스러움에서 번뇌로 바뀌었다.

"무슨 말이에요? 요리 학교를 나와서 이탈리안 식당에서 몇 년이나 일했잖아요. 남는 재료로 만든 요리도 반응이 좋았다면서요. 재능이 없을 리가요."

"저희 아버지가 천재라서 제 주변에 있는 선배들은 재능이 어마어마해요. 그런데 가게 후계자는 저예요. 아버지의 아들이라서요. 선배들이 저를 보고 어떤 심정일지 뼈저리게 알아요. 재능도 없는 주제에 아버지의 후광으로 소중한 가게를 물려받다니 너무 불공평하다, 아무짝에도 쓸모없고 한심한 저런 자식은 접시 물에 코 박고 죽으면 좋을 텐데…, 라고 생각하겠죠."

"그건 과하지 않아요?"

"조금 과장하기는 했지만, 다들 그런 식으로 생각할 거예요. 저도 선배들 입장이었으면 그랬을 테니까요."

아키호는 할 말을 찾지 못했다. 자신은 프로 요리사도 아닌데, 진이 일하는 레스토랑은 아무래도 초일류인 것 같고, 심지어 아버지가 오너 셰프라고 한다.

"선배들이 괴롭혀요?"

"전혀요."

진은 분명하게 말하며 고개를 저었다.

"다들 프로니까… 솔직히 말해서 저 같은 건 안중에도 없어요. 하지만 눈엣가시로 여기는 건 똑똑히 느껴져요."

"하지만 손님, 마파두부로 유명한 친켄민 씨네 가게…, 사천반점이었나? 거기는 아들인 친켄이치 씨가 뒤를 이었잖아요."

"친켄이치 씨는 중화 요리계의 국민 요리사잖아요. 대단한 사람이니까 비난이 안 나오죠."

순간 아키호는 '국민 요리사'라는 단어의 조합이 어색하게 느껴졌지만, 굳이 꼬집지 않고 곰곰이 생각했다.

"아, 그러고 보니 오래 유지되는 고급 음식점에는 경영자 겸 셰프가 적네요. 보통 경영권은 아버지가 자식한테 물려주고, 요리사는 계속 바뀌잖아요."

"저는 레스토랑 경영자가 되고 싶지는 않아요. 손님들을 위해서 요리하고 싶어요."

"무책임한 말인 건 알지만 그래도 묻자면, 아버지의 가게는 다른 선배에게 맡기고 손님은 독립해서 새로운 가게를 차리면 안 되나요?"

진의 미간에 고민스러운 주름이 잡혔다.

"저도 그러고 싶어요. 제가 이어받으면 아버지가 쌓은 명성에 먹칠을 할지도 몰라요. 아버지도 머리로는 아실 거예요. 그런데 아버지는 저를 너무 끔찍하게 사랑하세요."

"그건… 행복한 일 아닌가요?"

"아버지가 〈리스토란테 리꼬〉의 오너 셰프가 아니었다면 그랬겠죠."

리꼬는 이탈리아어로 풍요로움을 뜻한다고 한다.

"아주 인기 많은 가게인가 봐요."

"엄청나게 인기가 많아요. 예약하기 어려운 걸로 유명하죠.《미쉐린 가이드 도쿄판》이 발간되고 13년 동안 항상 2스타를 받았어요. 이탈리안 요리로 2스타를 받은 식당은 도쿄에 세 곳밖에 없어요."

아키호는 또다시 머릿속으로 '미쉐린 가이드에 도쿄판이 있었나?'라고 생각했지만, 입 밖에 내지는 않았다.

"아버지는 너무나도 사랑하던 아내와 결혼한 지 3년 만에 사별하는 바람에 큰 충격을 받아서 트라우마가 생겼고, 쉰이 다 될 때까지 혼자 지내셨어요. 그러다가 서른 살 연하인 어머니를 만나서 사랑에 빠져 결혼했고, 제가 태어났죠. 그래서 아들이라기보다 손자 같아요. 저희 어머니도 결혼한 지 17년 만에 돌아가셔서 아버지에게 남은 가족은 저뿐이에요. 아버지한테는 애정을 쏟을 대상이 저밖에 없어요. 그래서 당신의 모든 걸, 리스토란테 리꼬를, 저한테 물려주고 싶어하세요. 저한테 가게를 이을 역량이 없다는 걸 머리로는 알면서 감정이 앞서서요."

진은 거기까지 쉬지 않고 말하고는 긴 한숨을 뱉었다.

"아버지는 올해로 여든이세요. 제가 가게를 나가면 충격으로 쓰러지실지도 몰라요. 그렇게 생각하니까 도저히 독립하겠다고 말할 수가 없어서…."

진은 술잔에 남은 술을 비웠다.

"그것참 고민되겠어요."

아키호는 진과 아버지의 마음에 공감해 덩달아 한숨을 쉬었다.

"아버님 같은 훌륭한 요리사는 보통 본인한테도 타인한테도 엄격해서 자기 새끼를 낭떠러지에서 떨어뜨리는 사자처럼 엄할 줄 알았는데, 예외도 있군요."

"맞아요. 오히려 정반대죠."

진은 씁쓸하게 얼굴을 찌푸렸다.

"설상가상으로 아버지가 제자들한테는 엄하셨어요. 발길질하거나 냄비를 집어던지는 일도 자주 있었대요. 그런데 아들한테만은 무르니까 다들 열 받을 만해요."

"그렇겠네요. 저였으면 화나서 관뒀을지도 몰라요."

"그렇죠. 사실 지금까지 세 명이 관뒀어요. 남은 선배들은 저희 가게에서 근무한 경험이 커리어에 좋다는 걸 아니까 적당한 시기가 될 때까지 기다리는 것 같아요. 아버지가 은퇴하자마자 다들 관둘지도 몰라요."

아키호는 진이 안타까웠다. 좋은 환경에서 태어났지만 그것이 오히려 짐이 되어 진의 어깨를 짓누른다. 요리사로서 얻어야 하는 기쁨을 앗아가려고 한다.

"손님, 갑자기 딴 얘기지만, 신코이와에는 왜 오셨어요? 가게랑 집은 도심에 있는 거 아니에요?"

아키호가 느끼기에 인기 많은 이탈리안 레스토랑은 긴자나 롯폰기나 아자부에 있다는 이미지였다. 그런 가게 오너의 아들이 카츠시카구에 올 일은 많지 않았을 것이다.

"레스토랑에서 서비스를 담당하다가 3년 전에 은퇴한 분을 만나러 왔어요. 스즈키 삼촌이라고, 아버지가 가게를 막 차렸을 때부터 함께 한 분인데, 저를 많이 예뻐해 주셨어요. J리그 경기에 데려가 주시기도 했어요."

아키호는 또다시 'J리그가 뭐죠?'라고 물으려다가 말았다.

"최근에 이런저런 일이 많아서 침울해지더라고요. 그래서 스즈키 삼촌을 보고 싶었어요. 스즈키 삼촌이라면 제 고민을 듣고 좋은 조언을 해줄 것 같았거든요. 그래서 스마트폰으로 연락해 봤는데 없는 번호라는 안내가 나왔고, 집 전화로 걸어 봐도 마찬가지였어요. 놀라서 집에 찾아가 보니까 다른 사람이 살고 있어서 관리하시는 분께 물어보니 재작년에 노인 보호시설에 들어갔다고….”

그 시설은 신코이와역에서 도보로 15분 거리에 있었다.

“거기로 면회를 다녀왔어요. 그런데 스즈키 삼촌이 완전히 딴사람처럼 변해서 저도 못 알아보고, 뭔가, 정말 충격이었어요.”

진은 슬프게 시선을 내렸다.

“시설을 나와 정처 없이 걸었어요. 집에 돌아갈 마음이 안 들더라고요. 정신을 차려 보니 이 가게 앞이었어요. 신기하네요. 신코이와에 태어나서 처음으로 와 보는데 이 가게에 들어왔고, 여기에 사장님이 계셨다는 게요. 스즈키 삼촌에게 하고 싶었던 이야기를 사장님께 전부 해 버렸어요.”

진은 마지막 말을 하다가 조금 쑥스럽게 미소 지었다.

“그래요, 그렇다면 다행이네요. 손님에게 조금은 도움이 된 것 같아서.”

아키호는 지혜를 총동원해 진에게 힘이 될 말을 찾았다.

“손님, 부모의 가장 큰 바람은 자식이 행복해지는 거예요. 아버님은 손님이 가게를 잇는 길이 가장 행복할 거라고 생각하시는 것 같아요. 하지만 손님의 행복은 다른 데에 있잖아요. 그 사실을 알면 아버님도 손님이 가게를 잇지 않는 걸 받아들이지 않으실까요?"

아키호에게는 자식이 없지만, 사랑하는 사람의 행복을 바라는 마음은 부모든 자식이든 부부든 큰 차이가 없지 않을까.

"아버님과 찬찬히 대화해 보세요. 손님의 마음을 알면 이해해주실 거예요."

진은 "저는 못 해요"라고 말하고 싶은 듯 눈을 피했다.

"무슨 일이 있어도 요리를 싫어하지 마세요."

"네?"

"손님은 요리사가 적성에 맞아요. 재능이 있어요. 아버님이든 레스토랑이든 선배든, 요리가 아닌 다른 이유로 요리를 싫어하지 마세요. 너무 아깝잖아요. 손님의 요리로 행복해져야 할 사람들이 실망할 거예요."

"감사합니다, 사장님."

진은 진심으로 고개를 끄덕였다.

"내일 전갱이 타르타르 먹으러 올게요."

"기다릴게요."

진은 "계산해 주세요"라고 말했고, 아키호는 카운터에 계산서를 올렸다.

"잘 먹었습니다."

가게를 나서는 진의 등을 향해 아키호는 정중히 고개 숙여 인사했다.

진의 아버지는 테시가와라 칸이라는 유명한 이탈리안 셰프로, 서른두 살에 독립해서 차린 〈리스토란테 리꼬〉는 《미쉐린 가이드 도쿄판》이 발간된 이래 13년 연속 2스타를 유지했다. 예전에 '국민 요리사'라는 프로그램에 출연해서 미치바 로쿠사부로와 멋진 대결을 펼친 적도 있다.

칸 아래에서 배우다가 독립한 요리사 중에는 미쉐린 가이드에서 별을 받은 사람이 세 명이나 있다. 예전에 요리계는 도제 제도로 돌아갔기에 제자들을 매우 엄하게 대했다. 하지만 자신의 가게를 운영하게 된 그들과 칸의 관계는 나쁘지 않았다.

칸은 올해 여든 살이 되었다. 아무래도 체력이 쇠약해졌음을 부정할 수 없었다. 몇 년 전부터 수셰프(부주방장)에게 가게를 맡기는 날이 많아졌다. 요즘에는 진지하게 은퇴를 고민하고 있다. 하지만 심혈을 기울여 키운 가게 〈리스토란테 리꼬〉가 자신이 은퇴한 뒤에 어떻게 될지 상상하니 암담하기 그지없었다.

가능하면 외아들인 진에게 물려주고 싶다. 아직은 역량

이 부족하지만, 앞으로 실력이 더 좋아질 것이다. 그때까지 수셰프인 오카자키가 자리를 지켜준다면 평판을 떨어뜨리지 않고 가게를 대물림할 수 있을 텐데, 그 야심 많고 자존심 센 오카자키가 미숙한 진 밑에서 일해줄 것 같지는 않다. 아마 가게를 관두고 독립할 것이다. 그렇게 되면 리스토란테 리꼬는….

그래도 하나뿐인 외아들을 제쳐 놓고 피 한 방울 안 섞인 남에게 가게를 물려주고 싶지는 않다. 미쉐린 가이드에서 2스타를 받은 가게라는 강력한 뒷배경을 잃으면 진은 분명 주목받지 못하고 그저 그런 요리사로 생을 마감하게 될 것이다.

그럴 수는 없다. 사랑하는 아들이 그런 일을 겪게 둘 수는 없다. 고생해서 쌓은 지위를 아들에게 물려주고 싶은 것은 아버지로서 당연한 마음이다. 어떻게 해서든….

"다녀왔습니다."

진의 목소리에 퍼뜩 정신이 들었다. 골똘히 생각하다가 깜빡 잠이 들었나 보다. 칸은 소파 밑으로 반쯤 흘러내린 엉덩이를 끌어올려 고쳐 앉았다.

진이 소파 옆을 지나서 부엌으로 걸어갔다.

"물 한 잔만 주렴."

"응."

진은 냉장고를 열어 생수병을 꺼내고 컵 두 개에 물을 따라서 거실로 들고 왔다. 아버지는 언제부터인가 해가 진 뒤에는 커피나 홍차, 녹차 같은 카페인 음료를 마시지 않았다. 밤에 잠이 안 온다고 했다.

진이 맞은편 소파에 앉아서 말했다.

"오늘 스즈키 삼촌을 만나고 왔어."

"잘 지내던?"

진은 어두운 얼굴로 고개를 저었다.

"시설에 들어갔더라. 치매래. 나를 못 알아봤어."

칸은 너무 놀라서 뺨 근육이 굳었다. 무어라 말하려고 입을 뗐지만, 말이 나오지 않는 모양이었다.

끈끈한 벗이었으니 그럴 만도 하다. 진은 아버지의 반응에 가슴이 아팠다.

"아무튼 리꼬 말인데, 나는 물려받지 않을 거야."

"갑자기 무슨 소리야?"

"갑자기가 아니야. 오래전부터 생각했어. 아빠도 사실은 내가 리꼬의 셰프가 될 재목이 아니라는 걸 알잖아."

"그렇지 않아."

칸은 즉시 부정했지만, 목소리에 자신이 없었다.

"내가 셰프가 되면 미쉐린 등급은 완전히 없어질 거야."

"네가 잇지 않으면 누가 리꼬를 잇겠니?"

"오카자키 수셰프 님이 이으면 되지. 지금도 아빠 대리인으로 나무랄 데 없이 일하잖아. 오카자키 씨라면 계속 2스타를 지켜낼 거야."

칸은 아들을 설득할 말을 찾지 못하고 공연히 입술을 떨었다.

"아빠, 리꼬의 후계자가 아니어도 나는 아빠의 아들이야. 나는 아빠를 사랑하고, 그동안 애지중지 키워줘서 고마워. 정말 감사하게 생각해. 하지만 리꼬를 잇는 건 내가 원하는 바가 아니야. 리꼬를 잇는 건 나한테는 너무 무겁고 버거운 짐일 뿐이야."

수많은 부자가 그렇듯, 칸과 진도 지금껏 서로 속마음을 터놓고 대화한 적이 없었다. 생각하는 바가 있어도 입 밖에 내지 않았다. 그래서 아들의 솔직한 말이 아버지의 마음을 강하게 두드렸다. 칸은 어깨를 늘어뜨리고 고개를 떨구었다.

진은 앞에 있는 아버지가 몇 배로 작아진 것 같아서 가슴이 아팠다.

"미안해, 아빠. 하지만 이게 내 진심이야."

칸은 이윽고 고개를 들고 힘없이 물었다.

"그래서 네가 원하는 건 뭐니?"

"나는 가게를 그만두고 출장 요리를 하고 싶어."

"출장 요리?"

"응. '전설의 가정부', TV에서 본 적 없어? 방문을 요청한 가정에 타산 시마라는 요리사가 찾아가서 미리 만들어 놔도 되는 음식을 세 시간 동안 열 종류 이상 만드는 거야. 나는 그걸 하고 싶어."

칸은 반은 놀라고 반은 기가 막혀서 멀뚱멀뚱 아들의 얼굴을 쳐다보았다.

"오늘 갑자기 생각났어. 나는 그거랑 비슷한 일을 해본 적이 있어."

"너는 출장 요리를 해본 적이 없어."

"맞아. 그런데 스즈키 삼촌이 퇴직하고 얼마 안 돼서 그 집에 놀러 갔을 때, 직장에서 주는 대로 먹다가 직접 식사를 챙기려니 귀찮다는 얘기를 듣고 냉장고에 있는 재료로 몇 가지 음식을 만들어 드렸어. 스즈키 삼촌이 엄청 좋아하면서 '와, 어떻게 요리를 이만큼이나 생각해냈어? 역시 셰프의 아들은 다르네'라고 칭찬해줬어."

기쁘고 뿌듯하던 그때의 기억이 오늘 밤 갑자기 되살아났다. 그 선술집에서 사장님과 대화를 나눠서였을까.

"내가 하고 싶은 요리는 그런 거야. 평범한 가정에서 평범하게 맛있는 음식을 만들고, 평범하게 기뻐하는 모습을 보는 거…."

칸이 슬프게 눈을 깜빡이자, 진은 당황해서 덧붙였다.

"리꼬에서 하는 요리가 싫다는 말은 아니야. 아빠가 만드는 요리는 대단해. 예술 작품 같아. 하지만 예술 작품이 아닌 생활 잡화 같은 요리도 있으면 좋잖아. 그러니까 어떤 걸 만들지 스스로 선택하고 싶어."

"…생활 잡화. 그게 네 선택이니?"

"응."

진의 목소리에 열기가 배었다.

"나는 요리가 좋아. 앞으로도 요리를 직업으로 삼고 싶어. 계속 요리를 좋아하고 싶어. 그런데 지금처럼 예술 작품을 목표로 하다 보면 요리가 싫어질 것 같아. 나는 그게 무서워."

아버지의 얼굴을 바라보는 시선에도 힘이 들어갔다.

"나는 내가 선택한 길에서 요리를 마주할 거야. 어쩌면 언젠가 다시 예술에 도전하고 싶어지는 날이 올지도 몰라. 그러면 망설임 없이 리스토란테 리꼬의 문을 두드릴게. 리꼬에서 수련하게 해줘."

칸은 아들의 얼굴을 응시하며 그의 말을 머릿속에서 곱씹었다. 갑작스러운 변덕이 아니라 오랫동안 숙성시켜 형태를 다듬은 결론인 듯했다. 그 얼굴을 보니 얼마나 결의가 굳은지 알 수 있었다. 이렇게 결연한 아들의 얼굴은 본 적이 없었다.

"…알았다."

목소리를 쥐어짜듯 대답했다.

"내일 가게에서 오카자키에게 말하마."

"고마워, 아빠."

진은 눈시울이 뜨거워졌다.

"지금까지 아빠가 가르쳐준 것, 리꼬에서 배운 것, 전부 내 재산이야. 절대 헛되게 하지 않을 거야. 잘 활용할게."

칸은 말없이 깊이 고개를 끄덕였다. 조금 헛헛했지만, 가슴 한쪽에 깊이 수긍하는 감정이 있었다. 아들의 눈이 촉촉해지는 것을 보자, 가슴이 찡했다.

이거면 됐다고 자신의 마음을 다독였다. 그러자 안도감이 샘솟았다. 두 어깨가 가벼워졌다. 왜일까 생각하다가 문득, 방금 아들이 독립했음을 깨달았다.

"…나 참."

칸은 자기도 모르게 쓴웃음을 지었다. 진이 의아하게 돌아보았다.

"왜 그래?"

"아니야, 아무것도."

칸은 부드러운 미소를 지었다. 이번에는 아들을 바라보면서.

이탈리안 요리사의 우울

어젯밤에 간 선술집이 좀처럼 보이지 않았다. 처음 가본 동네였고 밤이었기에 길이 확실히 기억나지 않아서 찾을 수 있을지 불안했다. 하지만 아케이드 상점가 중간에서 오른쪽으로 꺾고 다시 왼쪽으로 꺾으면 나오는 골목을 따라 있었던 것은 확실하고, 헤맬 만큼 길이 복잡하지는 않았던 것으로 기억한다.

역에서 내려 30분이나 돌아다녔다.

"왜 없지?"

진은 혼잣말하며 주변을 둘러보았다. 닭꼬치집과 예스러운 술집 간판이 눈에 익었다. 분명 그 두 가게 사이에 〈요네야〉가 있었는데, 지금 앞에 있는 것은 이미 셔터를 내린 〈사쿠라 접골원〉이었다.

"이상하네."

진은 용기를 내어 닭꼬치집 문을 열었다.

"어서 오세요!"

카운터석 일곱 개와 테이블석 두 개가 놓인 가게였다. 초로의 부부가 카운터 안쪽에 있었고, 손님 네 명은 모두 카운터석에 앉아 있었다. 그중에는 여자 손님도 한 명 있었다. 그 네 명이 일제히 진을 돌아보자, 진은 멈칫했다. 단골손님 말고는 오는 사람이 거의 없는 가게 같았다.

"한 분이세요? 카운터석에 앉으세요."

가게의 여사장이 빈자리를 가리켰다. 남자 사장은 묵묵히 닭꼬치를 구웠다. 부부가 둘 다 일흔 살쯤 되었을까. 먼저 온 손님 네 명도 일흔이나 여든은 되어 보였다.

"저기, 실례합니다. 잠깐 뭐 좀 여쭐게요. 요네야라는 선술집을 아십니까?"

그 순간, 사장 부부와 손님 네 명이 헉하고 숨을 삼켰다.

"…어제 왔을 때는 옆에 있었던 것 같은데…."

여섯 명의 시선이 꽂히자, 진은 뒷걸음질 칠 뻔했다.

"어제라니, 무슨 소리야?"

가게의 여사장이 매서운 표정으로 물었다. 마치 불심 검문 하듯이.

"어제 요네야에 갔어요. 그때 사장님한테 내일도 오겠다고 약속해서 지금 가게를 찾고 있어요."

사장 부부와 손님들은 마치 불가사의한 이야기를 들은 것처럼 눈을 동그랗게 뜨고 서로 시선을 교환했다. 여사장의 눈은 명백히 겁을 먹은 듯 보였다.

"그게 정말이에요?"

이번에는 남자 사장이 물었다.

"제가 왜 거짓말을 하겠어요?"

진은 영문을 몰라서 약간 짜증이 났다.

이탈리안 요리사의 우울

"제가 갔다고요. 카운터석만 있는 가게였는데, 벽에 어탁이 한가득 붙어 있었고 가스레인지에 전골냄비가 올라가 있었어요. 사장님은 쉰쯤 된 살갑고 친절한 분이었어요. 작은 몸집에 동그란 얼굴, 짧은 머리였고, 하얀 긴소매 앞치마를 입고서….'

그 순간, 여든은 되어 보이는 여자 손님이 두 손으로 얼굴을 감싸자 왼쪽 옆에 있던 턱수염 난 손님이 놀라서 어깨에 손을 올리고 위로하듯 가볍게 토닥였다.

"왜, 왜 그러세요?"

점점 더 영문을 알 수 없고 혼란스러워서 목소리가 높아졌다.

"요네야는 30년 전에 없어졌어."

제일 나이 많은 손님이 말했다. 머리가 시원하게 벗겨졌다. 그 머리가 새파랗게 질린 듯 보였다.

"그럴 리가요. 어제는 있었다고요."

"진짜야. 옆에 있는 사쿠라 접골원, 그 자리가 원래 요네야였어."

"말도 안 돼!"

진은 자신이 조우한 현상의 전모를 어렴풋이 깨닫고 등골이 서늘해졌다.

"그, 그럼 그 사장님은 유령이었나요?"

"젊은이, 우선 앉아서 마음을 좀 가라앉혀."

제일 젊은…, 그런데도 일흔을 넘은 손님이 진의 재킷 소매를 당기며 의자를 가리켰다. 자기도 모르게 무릎이 떨렸다. 진은 주저앉기 전에 의자에 앉았다.

"물 좀 들어요."

여사장이 물이 든 잔을 내밀었다. 진은 감사 인사를 하고 받아서 단숨에 잔을 비웠다. 약간 진정이 되었다.

"저기, 어떻게 된 건지 알려주실 수 있나요?"

방금 받은 충격에서 회복된 여자 손님이 입을 열었다.

"요네야는 중학교 교사였던 부부가 차린 식당이야. 여기보다 오래됐으니까 한 50년 전이겠다."

"남편은 요네다 마사요시, 아내는 요네다 아키호. 마사요시 씨는 훌륭한 선생님이었어. 그런데 학교에서 왕따 사건이 일어나서 학생이 자살하는 바람에 그 책임을 지고 퇴직했어."

턱수염 난 손님이 말을 거들었다. 턱과 머리가 모두 눈처럼 하얗다.

"마사요시 씨는 취미가 낚시였어. 취미를 살려서 집을 개조해 가게를 차렸지. 그래서 처음에는 해산물 파는 선술집이었어."

진은 아키호에게 들은 이야기를 떠올리며 고개를 끄덕

이탈리안 요리사의 우울

였다.

"그런데 그로부터 10년쯤 지나서 마사요시 씨가 갑자기 세상을 떠났어. 심근경색이었다나? 그 뒤로 아키호가 혼자 가게를 꾸려 나갔는데, 그래도 제법 장사가 잘됐어."

이번에는 남자 사장이 설명했다.

"그러다가 무슨 인연인지 또 10년쯤 지나서 아키호 씨도 갑자기 세상을 떠났어. 심장 발작이었대. 의사 말로는 소위 말하는 돌연사였다는데, 본인도 모르는 사이에 삼도천을 건넜을 거래."

"고통스럽지 않았다니 다행이지만, 너무 일찍 갔어. 마사요시 씨도 아키호도."

"남편이 저세상에서 쓸쓸해 하니까 마중 간 거 아니냐는 놈들도 있었어. 마사요시 씨는 그렇게 속 좁은 사람이 아닌데."

"자식이 없어서 가게는 남의 손에 넘어갔어. 비슷한 선술집이 두세 곳 생겼다가 없어져서 지금 있는 사쿠라 접골원은 다섯 번째 가게야."

"요네야가 없어진 지 정확히 몇 년이나 됐지? 1990년인가 1991년인가 그랬을 텐데, 기억이 안 나네."

손님들은 저마다 떠오르는 대로 입을 열었다.

"그 부부는 사람이 참 좋았어. 둘 다 인품으로 정평이 났지."

여자 손님이 진 쪽으로 몸을 기울였다.

"청년이 말한 대로 아키호 씨는 살갑고 친절하고 밝고 솔직해서 정말 좋은 사람이었어."

진은 이끌리듯 고개를 끄덕였다.

"아키호 씨를 기억해줘요."

"네."

여자 손님의 눈이 촉촉해졌다. 문득 보니 사장 부부와 먼저 온 손님들도 모두 눈가가 촉촉했다.

"이 나이가 되면 이승과 저승은 어깨를 나란히 한 옆 동네 같은 느낌이야. 그래서 죽어도 끝이 아니라는 생각이 들어. 자신을 기억해주는 사람이 사라졌을 때, 사람은 그제야 비로소 저승에 가는 거야."

진은 힘주어 고개를 끄덕였다.

어제 요네야에서 만난 아키호는 유령이었을지도 모른다. 하지만 진의 마음을 가볍게 해주고 용기를 주었다. 그렇다면 사람이든 유령이든 상관없다. 아키호는 진의 친구다.

'사장님, 정말 감사해요. 덕분에 저는 새로운 길을 나아가게 됐어요.'

진은 마음속으로 조용히 중얼거리고 고개를 숙이며 두 손을 모았다.

《선술집 요네야》 간단 레시피

셀러리와 실곤약 유자후추 볶음

〈재료〉 2인분   참기름 2작은술

셀러리 1개   A〔유자후추 1작은술 / 미림 1큰술 /

실 곤약 300g   술 1큰술 / 간장 2작은술〕

〈만드는 법〉

1. 셀러리 줄기는 섬유질을 제거하고 얇게 어슷썬다. 잎은 잘게
   썬다.

2. 뜨거운 물에 실 곤약을 넣고 한소끔 끓인 후 체에 밭쳐 물기
   를 없애고 먹기 편한 길이로 자른다.

3. 프라이팬에 참기름을 두르고 중불에 달군 후 셀러리 줄기와
   실 곤약을 넣는다. 셀러리가 살짝 투명해질 때까지 볶는다.

4. A의 재료를 넣고 물기가 없어질 때까지 볶다가 불을 끈다.

5. 셀러리 잎을 넣고 섞는다.

★ 냉장고에 4일 정도 보관할 수 있어요.

재첩 간장 절임

⟨재료⟩ 만들기 쉬운 분량이에요

재첩 500g   매실장아찌 1개

간장 100ml   생강 15g

사오싱주 60ml   홍고추 1~2개

설탕 25g   마늘 3~4쪽(다진 것)

⟨만드는 법⟩

1. 우선 재첩을 해감한다. 물속에서 껍데기끼리 문대며 씻고, 물
   1000ml에 소금 1작은술(둘 다 재료 목록에는 없음)을 넣은
   액체에 1시간 담가서 해감한다.

2. 재첩을 물에 헹구고 체에 받쳐서 물기를 뺀 후 냉동 지퍼 백
   에 넣어서 냉동한다.

3. 재첩을 제외한 모든 재료를 냄비에 넣고 불에 올린 후, 끓으
   면 불을 끄고 식힌다.

4. 뚜껑이 있는 용기에 냉동 재첩을 넣고 3에서 만든 양념을 붓
   는다. 상온에 4~5시간 방치하다가 재첩 입이 벌어지면 뚜껑
   을 닫아서 냉장고에 보관한다. 다음날부터 먹을 수 있다.

★ 조개류는 냉동하면 감칠맛을 내는 성분이 네 배로 늘어나요.
특히 재첩에 포함된 피로 회복에 좋은 오르니틴이 배로 늘어
나니까 냉동을 추천해요.

파 소스를 얹은 삶은 닭

〈재료〉 2인분

닭다리 살 1덩이

토마토 1개

고수 적당량

파 소스

[다진 대파, 간장, 설탕, 식초,

물 각 2큰술 / 생강즙 적당량

/ 참기름 1큰술]

〈만드는 법〉

1. 우선 삶은 닭을 만든다.

   냄비에 닭다리 살을 넣고 물 800ml, 술 100ml, 소금 1/2큰술
   (모두 재료 목록에는 없음)을 넣고 센 불에 올려서 끓으면 거품
   을 걷어낸 후 뚜껑을 닫고 약불로 줄인다. 그대로 10분 정도 삶
   다가 불을 끄고 식힌다.

2. 재료를 섞어서 파 소스를 만든다. 완성된 소스는 냉장고에
   보관하면 4~5일은 먹을 수 있다.

3. 삶은 닭을 먹기 좋은 크기로 자른다.

4. 토마토를 얇게 썰어서 접시에 놓고 위에 삶은 닭을 올린 후
   고수를 토핑하고 파 소스를 붓는다.

★ 삶은 닭도 냉장고에 보관하면 4~5일은 먹을 수 있으니 미리
   만들어 두면 편리해요. 방방지 소스와 먹어도 맛있어요.

새우 브로콜리 마늘 볶음

〈재료〉 2인분

브로콜리 1개   올리브유 2큰술

새우 200g   소금, 후추 적당량

마늘 1쪽   방울토마토 6개

〈만드는 법〉

1. 브로콜리는 작게 잘라서 내열 용기에 넣고 랩으로 싼 후 전자
   레인지 600W로 1분간 익힌다. 또는 끓는 물에 2분간 데친다.

2. 새우는 소금과 녹말(둘 다 재료 목록에는 없음)을 묻혀서 비
   빈 후 흐르는 물에 씻으면 잡내가 사라진다. 씻은 새우는 키
   친타월로 물기를 제거한다.

3. 마늘은 얇게 썰고, 방울토마토는 꼭지를 따서 반으로 자른다.

4. 냄비에 올리브유를 넣고 약불에 올린 후 마늘을 넣고 향이
   올라올 때까지 볶는다.

5. 새우를 넣고 볶다가 어느 정도 익으면 방울토마토와 브로콜
   리를 넣어서 볶고 소금, 후추로 간을 한다.

★ 브로콜리도 데치거나 전자레인지로 익힌 상태에서 보관해 두
   면 요리할 때 바로바로 쓸 수 있어서 편리해요. 본문처럼 마
   늘 분말을 사용하면 더 편하게 만들 수 있어요.

비빔국수

★ 먼저 검은 올리브와 갓 양념를 만듭니다.

〈재료〉

검은 올리브(씨 없는 것) 30알(90g)

다진 갓 절임 60g

쌀겨 기름 100ml

딜(잎만) 10g

다진 생강 40g

간장 1큰술

피시 소스 1/2큰술

〈만드는 법〉

1. 검은 올리브, 갓, 쌀겨 기름을 믹서기로 간다. 아삭아삭한 식
   감이 남도록 재료의 상태를 확인하면서 간다.

2. 1을 볼에 넣고 나머지 재료와 섞는다.

3. 밀폐용기에 넣고 냉장고에 보관하면 일주일 정도는 먹을 수
   있다.

★ 비빔국수

〈재료〉 1인분
검은 올리브와 갓 양념 100g
중화면 1인분

〈만드는 법〉
1. 물을 끓이고 면을 적당히 삶은 다음 건져서 물기를 뺀다.
2. 그릇에 먼저 양념을 담고 삶은 면을 넣어서 잘 섞는다.

★ 양념은 흰밥과도 잘 어울리고, 회에 얹으면 카르파초가 돼요.
  마요네즈와 섞어서 타르타르 소스처럼 쓸 수도 있어요.

제2화

바지락과 여배우는
냉동으로

눈을 떠 보니, 아키호는 반상에 엎드린 상태였다. 자기도 모르게 깜빡 잠들었나 보다.

괘종시계를 보니 오후 네 시가 넘었다. 슬슬 밑 작업에 들어갈 시간이다.

"하아암."

아키호는 두 손을 뻗으며 크게 기지개를 켜고 일어섰다.

JR 신코이와역 남쪽 출구와 이어지는 루미에르 상점가는 예전에 일본에서 제일 긴 길이를 자랑하던 아케이드 상점 가였다. 일본 제일이라는 자리는 오사카 텐진바시스지 상 점가에 넘겨줬지만, 지금도 셔터를 내린 채 방치된 점포 없 이 영업을 이어가고 있으니 대단할 따름이다.

아케이드 거리에서 거미줄처럼 뻗어 나온 뒷골목에도 작은 상점들이 즐비하다. 선술집, 대중식당, 라멘집, 술집 등 음식점이 대부분이지만, 생긴 지 얼마 안 된 접골원, '미장원'이라는 이름이 어울릴 것 같은 오래된 미용실, 그리고 헌책방도 있다. 다만 미용실과 헌책방에는 그다지 손님이 없는 듯했다.

가장 눈에 띄는 것은 '기모노 관리·염색'이라는 간판을 건 가게였다. 기모노를 관리한다는 것은 얼룩 제거, 재염색, 재양 등을 한다는 뜻인데, 기모노를 입는 사람이 현저히 줄어든 요즘, 신코이와 뒷골목에서 운영하는 가게가 번성할 리 없었다. 이를 뒷받침하듯 가게 외관이 무척이나 낡고 낙후되었다. 불투명한 유리로 된 미닫이문은 몇 년이나 꼭 닫혀 있었다.

어쩌면 진작에 폐업했는데 간판을 내리기 귀찮아서 내버려뒀는지도 모른다.

그런 뒷골목 한편에 선술집 〈요네야〉가 있었다.

아키호는 여섯 시에 가게를 열고 포렴을 밖에 걸었다.

요네야처럼 단골손님을 상대로 하는 작은 선술집이 영업을 시작하면, 손님들은 5월의 비처럼 조금씩 조금씩 왔다가 돌아간다. 여기서 한잔 걸치고 다른 가게로 자리를 옮기는 사람과 다른 가게에서 1차를 하고 오는 사람이 교대로 드나들어서 만석이 되는 경우도 없지만 영업이 끝날 때까지 파리만 날리는 날도 없다. 그야말로 5월 비처럼 손님의 흐름이 드문드문 이어진다.

그런데 그날, 영업을 시작한 지 10분 만에 여자 손님 둘이 들어왔다. 둘 다 처음 보는 '낯선 손님'이라 아키호는 별일이 다 있구나 싶었다.

"안녕하세요."

"어서 오세요. 편한 자리에 앉으세요."

여자들은 이 초라한 선술집에 어울리지 않는 느낌이었다.

한 명은 서른을 조금 넘긴 자그마한 여성으로, 화장은 옅었지만 화려한 분위기를 풍겼다. 도도한 미인이라기보다 귀여운 인상이었다. 짓궂게 말하면 열여섯이나 열일곱 때 귀여움의 정점을 찍고 지금은 그 여운으로 버티는 느낌이라고 할까.

다른 한 명은 마흔쯤으로 늘씬하니 키가 크고 얼굴이 곱상했다. 하지만 그런 것치고는 수수해서 눈에 띄지 않았다. 복장과 화장이 평범한 탓도 있겠지만, 무엇보다 본인이 튀기를 원치 않는 느낌이었다.

"음료는 어떻게 하시겠어요?"

아키호는 물수건을 건네며 물었다. 그리고 재차 이 두 사람이 왜 요네야 같은 가게에 왔는지 의아하게 생각했다. 신코이와에도 조금 더 세련된 가게는 얼마든지 있고, 해산물을 팔아서 인기가 많은 선술집도 있다.

하지만 두 사람은 어울리지 않는 가게에 온 것을 개의치 않는 모습이었다. 온 정신이 딴 데에 팔려서 그런지도 모르겠다.

"으음, 맥주 주세요."

젊은 여자가 말하자, 나이 많은 여자가 "저도요" 하며 보조를 맞췄다.

아키호는 삿포로에서 나온 병맥주 마개를 따고 잔 두 개를 나란히 카운터에 올려놓았다. 나이 많은 여자가 젊은 여자의 잔에 맥주를 따라 주고 자기 잔에도 자작으로 따른 뒤 말없이 작게 건배했다. 분위기가 어두워서 건배라기보다 헌배 같았다.

아키호는 기본 안주로 셀러리와 실곤약 유자후추 볶음을 내놓았지만, 두 사람은 젓가락을 들 생각도 않고 맛없게 맥주를 한 모금 마신 뒤 조용한 목소리로 이야기를 시작했다.

아키호는 처음 온 여자 손님들을 말없이 바라보았다. 단골이 될 가능성은 없어 보여서 무리하게 비위를 맞출 생각은 없지만, 원래 같았으면 성격상 살가운 말 한마디 정도는 건넸을 것이다. 그런데 두 사람이 심각한 얼굴로 대화

바지락과 여배우는 냉동으로

에 집중해서 끼어들기 힘들었다.

젊은 여자는 '유이', 나이 많은 여자는 '타마미 씨'라고 불렀다.

"요즘 4, 5번 역할이 많이 들어와."

아사히나 유이는 한숨 섞인 어두운 목소리를 흘리고는 잔에 손을 뻗었다. 작은 잔이 단숨에 비었다.

"생각하기 나름이지만, 나는 나쁘지 않은 일이라고 봐."

키류 타마미는 유이의 잔에 맥주를 더 부었다.

"조연으로 빠지지 못하는 배우는 사라질 수밖에 없어. 길게 가는 배우들을 보면 하나같이 조연으로 활약하는 사람들이잖아."

타마미는 위로하듯 말했지만, 유이는 분한 듯 고개를 저었다.

"잘 나가는 조연들은 대부분 처음부터 조연이었잖아. 조연으로 눈도장을 찍어서 10번 정도에서 5번, 3번, 그런 식으로 올라가지. 하지만 나는 주연으로 데뷔했어."

"맞아. 유이 너는 쿠라야마 스쿨에서도 제일 빛났어. 데뷔작인 〈해머 엔젤〉이랑, 그게 방영되는 중에 개봉한 〈어제의 친구는〉. 캐릭터가 정반대인 여주인공이었지만, 둘 다 엄청 매력적이고…."

대화 내용으로 보아 그 작품들은 유이가 주연한 드라마

와 영화인 듯했다. 아키호는 둘 다 처음 들어봤지만.

타마미는 그 작품 속에서 유이가 얼마나 반짝였는지 끊임없이 이야기했다. 유이는 만족스러운 표정으로 눈웃음을 지으며 귀에 달콤한 그 말을 들었다.

"〈어제의 친구는〉의 미타 요시코도 좋았지. 나는 그 사람 음흉해서 별로였는데, 그 영화에서는 계속 말을 바꾸고 겉과 속이 다른 캐릭터가 엄청 잘 살아서 다시 보이더라. 유이의 연기에 자극을 받았을 거야, 분명히."

그 말은 명백히 입에 발린 소리임을 아키호도 알 수 있었다. 미타 요시코는 아키호도 아는 대배우로, 연예계 경력이 길어서 NHK 대하드라마에서 주연을 맡은 적도 있었다. 이제 와서 신인에게 경쟁심을 불태울 것 같지는 않았다.

그나저나 이상했다. 미타 요시코가 출연했으면 그 나름대로 대작이거나 하다못해 화제가 됐을 텐데, 아키호는 〈어제의 친구는〉이라는 영화 제목을 들어본 기억이 없었다.

타마미가 또다시 유이의 잔에 맥주를 따라 주는데, 가방 안에서 음악이 울렸다.

"미안해. 잠깐만."

타마미는 가방에서 스마트폰을 꺼내 화면을 확인하고 터치해서 전화를 받았다.

"이타가키 씨, 지금 어디세요? …네? …저랑 유이는 벌써

15분 넘게 가게에서 기다리고 있어요. …네? 그럴 리가요!"

타마미는 스마트폰을 귀에 댄 채 허둥지둥 가게 밖으로 나갔다. 그리고 2, 3분 후에 돌아와서 면목 없다는 듯 고개를 숙였다.

아키호는 타마미의 스마트폰에 시선을 빼앗겼다. 속으로는 '저 길쭉하고 얇은 기계는 신종 수신기인가?'라고 의아하게 생각했다.

"유이, 미안해. 가게를 잘못 찾았대. 그 사람들, 다른 요네야에 있대."

"괜찮아. 그쪽으로 이동하면 되지?"

타마미는 가슴 앞에서 바쁘게 손을 내저었다.

"무슨 소리야? 이쪽 실수로 유이를 오라 가라 할 수는 없지. 내가 지금 그 사람들을 데려올게."

타마미는 가방을 챙기더니 대답도 기다리지 않고 가게를 뛰쳐나갔다.

그 뒷모습이 유리문 밖으로 사라지자, 유이는 천천히 정면을 바라보며 쓴웃음을 흘렸다.

"하여튼 덜렁댄다니까."

그러고는 처음으로 아키호의 얼굴을 제대로 보았다.

"좀 출출하네요. 뭐 가볍게 먹을 만한 거 없을까요?"

"전골은 어떠세요? 푹 익혀서 잡내가 전혀 안 나요."

아키호는 최대한 살가운 목소리로 말했지만, 유이는 단호하게 고개를 저었다.

"저 내장 같은 애들은 완전 불호예요."

아키호는 '완전 불호'라는 말이 이상하다고 생각했지만, 얼굴에 드러내지 않고 다음 후보를 고민했다.

"으음, 바지락술찜은 어때요?"

"괜찮네요. 그거 주세요."

"잠시만 기다려주세요."

아키호는 냉동고에서 냉동 지퍼 백을 꺼내 그 안에 든 것을 프라이팬에 쏟아내고 약불에 올린 뒤 뚜껑을 덮었다.

좋은 바지락을 싸게 팔길래 넉넉히 사서 손질해 두었다. 해감한 바지락과 사케, 다진 마늘, 물을 같이 냉동 지퍼 백에 넣어서 냉동했다. 해동하지 않은 상태에서 바로 약불에 데우고 마무리로 소금 간을 하면 완성이다.

술을 머금은 바지락은 쫄깃해서 씹으면 진액이 입안에 퍼져 나온다.

참고로 냉동하면 조개류의 감칠맛을 내는 성분이 네 배로 늘어난다. 어떤 요리 연구가의 책에서 그 글을 발견했을 때, 눈앞을 가리던 안개가 걷혀서 시야가 확 밝아진 느낌이었다. 그 이후로 조개류는 보통 냉동 보관한다.

완성된 술찜을 그릇에 담고 잘게 썬 쪽파를 뿌려서 유

바지락과 여배우는 냉동으로

이 앞에 놓았다.

　유이는 딱히 기대하지 않는 얼굴로 젓가락을 들었지만, 바지락을 하나 입에 넣는 순간 의외라는 듯 눈을 크게 떴다.

　"…맛있다."

　"감사합니다."

　아키호는 속으로 '내 손맛이 어떠냐!' 하며 의기양양한 미소를 얼굴에 그렸다.

　유이는 계속해서 바지락을 껍데기에서 꺼내 입으로 가져가고 국물을 홀짝였다.

　"이거 어디 바지락이에요?"

　"어디더라? 슈퍼에서 할인 판매 하던 거라 기억이 잘 안 나네요."

　"말도 안 돼. 이게 할인 판매 하던 거라고요?"

　유이는 빈 그릇을 다시 보았다.

　"이모님, 요리를 잘하시네요."

　가게에 처음 들어왔을 때는 딱딱한 껍데기에 싸인 느낌이더니, 지금은 딴사람처럼 솔직하고 경계심을 허문 모습이었다. 그 모습을 보니 아키호의 마음도 풀어졌다.

　"바지락이 맛있는 건 제 요리 실력 때문이 아니라 소소한 비법 덕분이에요."

　"비법이요?"

"냉동을 해요."

유이는 말의 의미를 이해하지 못해서 의아한 표정으로 눈을 깜빡였다.

"요리책에서 봤어요. 조개류는 냉동하면 감칠맛을 내는 성분이 네 배로 늘어난대요."

"진짜요?"

유이는 눈을 동그랗게 떴다. 가식이 느껴지지 않는 자연스러운 표정이었다.

"저도 처음에는 반신반의했어요. 그런데 실제로 해보니까 정말 맛있어서…. 그때부터는 바지락이든 재첩이든 다 냉동해요."

아키호는 냉동고로 힐끔 시선을 던졌다.

"정말 감사하죠. 우리 가게처럼 혼자 운영하는 선술집은 미리 만들어 둘 수 있는 음식이 큰 도움이 되거든요."

유이는 감탄하듯 고개를 흔들었다.

"좋은 이야기를 들었네요. 어패류는 신선한 게 제일이고 냉동이나 냉장을 하면 가치가 확 떨어지는 줄 알았어요. 그런데 냉동하면 더 맛있어진다니."

"갓 잡았을 때가 최고라는 얘기도 모든 생선에 해당하는 건 아니래요. 등푸른생선은 갓 잡았을 때가 제일이지만, 도미나 넙치, 방어는 잠깐 시간을 두고 숙성시켜 먹는

바지락과 여배우는 냉동으로

게 더 맛있어요. …제가 한 말은 아니고 죽은 남편이 그랬어요. 낚시가 취미였거든요."

유이는 아키호의 말에 이끌려 가게 안을 둘러보았다.

"아아, 그래서 어탁이 많구나."

"육류는 예외 없이 숙성하는 게 좋다고 들었어요. 해체하자마자는 사후 경직 때문에 고기가 단단하고 딱딱하니까 2, 3주 동안 가만히 둬서 부드럽게 만든대요."

"요즘 숙성육이 인기더라고요."

숙성육? 고기는 원래 숙성할 텐데….

"쉽게 말해 마블링에만 집중하지 말고 살코기를 맛있게 먹자는 콘셉트 같아요. 살코기는 지방보다 칼로리가 낮아서 젊은 여자들이 좋아해요. 일본식 양고기가 인기인 이유도 마찬가지로 다이어트에 좋아서고요."

"왜 그렇게 살을 빼고 싶어 해요? 내가 보기에 젊은 여자애들은 하나같이 날씬한데."

앞에 있는 유이도 말랐다. 옷 사이로 보이는 목과 손목이 부러질 듯이 가늘다. 옷은 S나 XS 사이즈를 입을 듯했다.

유이는 키득 하고 웃음을 흘렸다.

"말 나온 김에 조개 요리를 하나 더 먹어 보고 싶네요."

"그럼 이번에는 재첩을 드릴까요?"

"네, 주세요."

"간장 절임이랑 국 중에 뭘로 드릴까요?"

"간장 절임이면 대만 요리에 나오는 그거요?"

"네. 하룻밤 재워둬서 간이 잘 뱄을 테니까 지금 먹으면 딱이에요. 국에는 닭 육수 분말이랑 완두 새싹이 들어가요."

"…둘 다 맛있겠네요."

"칼로리가 낮아서 둘 다 먹어도 살찌지 않을 거예요."

유이는 천진난만한 얼굴로 미소 지었다.

"이모님, 장사 잘하시네요. 그럼 둘 다 주세요."

"네. 잠깐만 기다려 주세요."

"그리고 맥주도 더 주세요."

유이가 벽을 허물어 준 것이 기뻐서 아키호는 저도 모르게 말했다.

"손님, 칼로리를 신경 쓰는 편이시면 홋피나 츄하이나 하이볼이 나아요."

"으음…. 그럼 하이볼 주세요."

아키호는 잔에 얼음을 넣고 위스키와 탄산수를 부은 다음 머들러로 저었다.

"하이볼 나왔습니다."

이어서 미리 만들어 둔 재첩 간장 절임을 꺼냈다. 재첩을 마늘 간장에 절인, 대만의 대표 요리다.

바지락과 여배우는 냉동으로

간장과 사오싱주, 잘게 썬 생강, 마늘, 홍고추, 매실장아찌와 설탕 약간을 냄비에 넣고 물을 살짝 부은 다음 불에 올린다. 알코올이 날아가면 천천히 식혀서 냉동한 재첩에 얹는다. 여름철에는 네다섯 시간 만에 조개 입이 벌어진다. 겨울철에는 온종일이 걸릴 때도 있지만, 여유를 갖고 기다리면 된다. 하룻밤 재우고 나서가 가장 먹기 좋은 시기로, 냉장고에 4, 5일은 보관할 수 있다.

재첩은 냉동하면 더 맛있어질 뿐만 아니라 간 기능을 보조하는 오르니틴의 양도 늘어난다. 그야말로 일석이조인 조리법이다.

"…맛있다. 이 소스, 전에 대만 음식점에서 먹은 거랑 조금 다른 것 같아요."

유이는 재첩을 천천히 음미하며 하이볼 잔으로 손을 뻗었다.

"아는 사람이 대만 음식점 사장이라서 배웠어요. 매실장아찌랑 설탕을 넣는 게 특징이에요."

"요리는 심오하군요. 약간의 아이디어로 맛이 달라지는 걸 보면."

"요리뿐만이 아니죠. 세상사는 대부분 약간의 아이디어로 달라지잖아요. 청소나 빨래, 바느질도 오래전부터 아이디어가 축적된 결과고요."

아키호는 거기까지 말하다가 입을 닫고 속으로 중얼거렸다. 분명 인간관계나 연기도 그럴 것이다.

"…하긴 그렇네요."

마음속의 목소리가 닿은 듯 유이는 깊이 고개를 끄덕였다.

"안녕하십니까."

유리문이 열리더니 시원하게 머리가 벗겨진 노인이 들어왔다.

"어서 오세요."

기모노 관리점 〈타카사고〉의 주인이자 요네야의 단골손님인 쿠츠카케 오토지로였다. 이름은 꼭 배우 같지만, 신코이와에서 부모의 뒤를 이어 기모노 관리점을 운영하는 사람이다.

"홋피랑 전골."

오토지로는 곁눈으로 유이를 힐끔 보고 맨 구석 자리에 앉았다. 직업상 여자 손님을 접할 기회가 많아서 처음 보는 손님에게 "이런 허름한 가게에 미녀가 오다니 별일이네" 같은 눈치 없는 소리는 하지 않는다. 조용히 거리를 두며 불쾌하게 할 의도가 없음을 드러냈다.

"삼촌, 기분 좋아 보이네. 뭐 좋은 일 있어?"

아키호는 물수건과 홋피를 꺼냈다.

"티 나?"

"당연하지. 얼굴에 쓰여 있어."

"사실은 요전에 무늬 넣기를 의뢰한 손님한테서 감사 편지를 받았어."

"어머, 그래? 좋았겠다. 삼촌의 성의가 전해졌나 봐."

오토지로는 눈꼬리를 내리며 미소 지었다.

"재첩 간장 절임이 딱 맛있을 때인데, 어때요?"

"먹을게."

아키호는 오토지로 앞에도 재첩 그릇을 놓고 국을 만들기 시작했다. 킨시쵸에 있는 태국 음식점에서 먹어 본 국을 흉내 낸 것으로, 마늘을 약불에 볶다가 향이 나면 술과 재첩을 넣고, 조개 입이 벌어지면 닭 육수 분말을 추가한다. 마무리로 피시 소스를 넣고 완두 새싹을 올린 다음 불을 끈다. 피시 소스를 넣으면 태국, 넣지 않으면 중국 느낌이 나서 재미있다.

"그나저나 삼촌이 무늬 넣기 한 거, 정말 대단하더라. 얼룩투성이였던 기모노가 그렇게 곱게 부활하다니 깜짝 놀랐어."

아키호가 마늘을 볶으며 말하자, 오토지로는 기쁜 듯 고개를 끄덕였다.

"손님 어머니의 유품이라길래 어떻게든 다시 빛을 보게

해주려고 머리 좀 썼지."

기모노를 입는 사람이 줄어들면서 예전에는 기모노를 관리하는 데 필수였던 기모노 관리점도 하나둘 문을 닫았다. 오토지로는 오래된 고객들을 위해 지금도 가게를 이어 가지만, 그런 손님마저 해가 갈수록 적어진다고 했다.

하지만 가끔은 건너 건너 소문을 듣고 소중한 기모노를 되살리러 오는 기모노 애호가 손님도 있다.

지난달, 어머니의 유품인 기모노를 들고 〈타카사고〉를 방문한 것도 그런 여성이었다. 그녀는 어머니가 시치고산* 때 사용한 기모노를 입고 자신의 시치고산을 치렀다. 현재는 엄마가 되었고, 올해 첫째 딸이 시치고산의 주인공이 된다. 그런데 이를 기대하던 어머니가 작년에 갑자기 세상을 떠났다. 돌아가신 어머니를 그리며 추억이 깃든 시치고산 기모노를 자신의 딸에게 입히고 시치고산을 축하하고 싶다고 했다. 하지만….

"아무래도 기모노가 오래됐고 계속 옷장에만 넣어 놔서 여기저기 얼룩이 진 거야. 손님은 얼룩을 지워 달라고 했는데, 거절할 수밖에 없었어. 옷감이 상할 게 뻔했거든."

그날 밤, 요네야에 온 오토지로가 홋피를 마시며 말을 꺼냈다.

---

* 3, 5, 7세가 된 아이의 성장을 축하하는 일본의 행사

바지락과 여배우는 냉동으로

"그런데 그 젊은 엄마 표정이 너무 슬프더라. 나도 누군가의 부모니까 그 마음 잘 알아. 그래서 무늬 넣기를 해보면 어떻냐고 제안했어."

"무늬 넣기가 뭐야?"

"얼룩이 있는 부분에 새로 무언가를 그려서 얼룩을 가리는 거야. 자수, 염색, 박, 방법은 다양한데…."

"그래서 어떻게 됐어?"

"손님은 긴말 않고 믿고 맡기겠다고 했어. 나도 이 일만 55년 한 장인이야. 그런 말을 들었으니 어떻게든 깔끔하게 끝을 내야 면이 서지."

"좋아! 역시 타카사고!"

아키호는 자기도 모르게 추임새를 넣으며 손뼉을 쳤다.

"삼촌, 무늬 넣기가 끝나면 그 기모노 보러 가도 돼?"

"아, 물론이지. 와."

그리하여 아키호는 완성작을 구경하러 갔다.

아동용으로 재단하고 고전적인 무늬를 넣은 귀여운 기모노였다. 그런데 아키호는 눈을 크게 뜨고 봐도 어디에 얼룩이 있었는지 도무지 알 수 없었다.

"여기야."

오토지로가 가리킨 곳은 꽃바구니와 꽃수레 사이에 흩어져 있는 은색 구름무늬였다. 나중에 덧그렸다는 사실을 믿기 힘들 정도로 조화로웠다.

"대단하다! 처음부터 이런 무늬였던 것 같아."

오토지로는 득의양양하게 턱을 치켜들었다.

"조금 지저분한 부분도 있었는데, 통째로 빨면 옷감이 상하니까 부분 세탁 했어."

"손이 많이 갔겠네."

"어쩔 수 없지, 모녀가 기뻐하는 얼굴을 보려면."

"삼촌, 그래서 요금은 얼마야?"

"6천 엔."

"싸네!"

아키호는 다시 한번 기모노로 눈을 돌렸다. 구름무늬를 세어 보니 원래는 얼룩투성이였던 것이 분명했다. 그런 기모노를 이렇게 곱게 되살리고서 겨우 6천 엔이라니….

"삼촌이 손해 보는 거 아니야?"

"그렇지는 않아. 남는 것도 거의 없지만."

"그런데도 괜찮아?"

"에이, 괜찮아. 말하자면 이건 미래에 대한 투자거든."

"투자?"

오토지로는 진지한 얼굴로 고개를 끄덕였다.

"그래. 앞으로는 기모노를 사랑해줄 사람을 키워야 해. 지금처럼 기모노를 소홀히 하는 추세가 계속되면 우리 장사는 물론이고 포목점, 나막신 가게, 소품 가게, 장인들까지 전부 입에 거미줄을 칠 테니까."

"그렇겠구나."

듣고 보니 맞는 말이었다. 아키호가 젊었을 때는 루미에르 상점가에도 비단이나 나막신 같은 전통 잡화를 취급하는 가게가 몇 곳 있었는데, 지금은 포목점 한 곳밖에 남지 않았다. 그마저도 앞으로 10년 후에는 남아 있을지 걱정스러웠다.

그러는 아키호도 기모노를 입을 기회가 거의 없다. 결혼식에 초대됐을 때 정도만 입는다. 아키호보다 젊은 세대는 기모노를 입는 방법조차 모르니 하물며 그 자녀 세대는 어떨까. 시치고산과 성인식 때를 제외하고는 평생 기모노를 입지 않을지도 모른다.

"옛날에는 기모노가 재산이었어. 시대극에 종종 어떤 여인이 기모노를 전당포에 맡기는 장면도 나오잖아?"

"그렇네. 요즘은 기모노를 전당물로 받기는 하려나?"

"옛날에는 기모노 한 벌을 소중하게 입었어. 더러워지면 재양치고 얼룩을 뺐지. 젊어서부터 입던 기모노가 너무 화려해지면 염색을 다시 해서 아가씨 때부터 할머니가 될 때까지 오래도록 함께했지…."

"재양…."

아키호는 어린 시절에 본 광경을 떠올렸다. 엄마는 기모노를 뜯어서 원단 상태로 되돌린 다음 물빨래하고 판자에 붙여서 풀을 먹인 채로 말렸다.

'견직물은 물에 들어갈 때마다 원래의 탄력과 광택을 되찾거든.'

엄마는 그렇게 말했다. 기모노는 몇 번이고 되살아난다고.

그러고 보니 그 시절에는 이웃집에서도 1년에 한 번이나 3년에 한 번 정도 재양을 쳤다. 평소에 집에서 기모노를 입는 어머니들도 많았다.

"가게에서는 댓개비로 천을 당겨서 팽팽하게 폈지."

기모노 관리점이나 염색집 마당에는 댓개비로 편 옷감이 여럿 널려 있었다. 뜯은 천을 한 장으로 꿰매서 물빨래한 다음 양 끝을 팽팽하게 당겨서 널고 옷감 가장자리를 '댓개비'라는 대나무 살 같은 막대기로 펴서 고정했다.

"그 댓개비라는 건 옷감 한 필에 몇 개나 써?"

"대략 300개."

"정말 시간과 노력이 많이 들겠네."

"그 대신 완성도가 달라. 오메시랑 오메시치리멘이라는 원단은 젖으면 줄어들고, 하부타에랑 비단은 마르면 다림질해도 주름이 안 없어지는데, 댓개비로 팽팽하게 당기면 원래의 질감이 손상되지 않고 곱게 펴지거든."

바지락과 여배우는 냉동으로

아키호가 전에 나눈 대화를 떠올리는 사이에 재첩 완두 새싹 국이 완성되었다.

"음식 나왔습니다."

아키호는 유이 앞에 국그릇을 내려놓았다.

"동남아 느낌이네요."

"피시 소스를 약간 넣었어요."

유이는 국을 숟가락으로 떠서 데지 않도록 입김을 불고 가볍게 마셨다.

"음, 맛있다."

"거기서 피시 소스를 빼면 중국식이에요."

"간장 절임이 대만식이니까, 피시 소스 들어간 게 좋아요."

오토지로가 전골 국물을 홀짝였다.

"역시 맛있어."

"삼촌이 기모노에 하는 것처럼 시간과 노력을 많이 들였거든. 다른 음식은 대충대충 하지만."

오토지로는 핫피를 다 마시고 '나카'를 주문했다.

"유부라도 구울까?"

"어어, 그렇게 해줘."

오토지로는 추가한 소주와 핫피를 잔에 따랐다.

"아무튼 아키호, 그때 무늬 넣기를 의뢰한 손님이 새로운 손님을 소개해 줬어. 딸이랑 같은 초등학교를 다니는 친구의 어머니래."

"어머, 잘됐다."

가스레인지에 석쇠를 놓고 유부를 올려서 굽는다. 노릇노릇하게 구워졌을 때 간장을 뿌리면 술안주에 제격인 일품요리가 완성된다.

"이번에는 어떤 의뢰였어?"

"문장(紋章) 교체."

유부를 재빠르게 접시에 옮기고 간장을 뿌리자, 치익 하는 소리가 났다.

"주문하신 음식 나왔습니다. 그래서 어떤 기모노였는데?"

"그 손님이 올해 아들을 낳았는데, 자기 오빠가 시치고산 때 입은 기모노를 아들에게도 입히고 싶대. 그래서 본가의 문장을 시댁의 문장으로 바꿔 달라고…."

오토지로는 나무젓가락으로 유부를 잘라서 입에 넣고 우물거렸다. 수제 두부집에서 사온 오늘 갓 만든 유부라서 슈퍼에서 파는 유부와는 풍미가 달랐다. 대두의 단맛과 기름의 깊은 맛이 느껴져서 일품이었다.

"역시, 삼촌의 진심이 열매를 맺었네. 젊은 엄마들이 오래된 기모노를 소중히 다루려고 하잖아."

"그런가? 다들 조금 더 기모노랑 가깝게 지내면 좋겠는데…."

아키호와 오토지로의 대화를 듣고 있던 유이에게 슬픔과 비참함이 마음속에서 올라왔다.

"그렇게 소중히 다뤄지는 기모노는 행복하겠어요."

인정하고 싶지 않은 속마음이 자기도 모르게 입 밖으로 튀어나왔다.

"나는 한 번 입고 마는 대여용 기모노 같아."

아키호와 오토지로는 놀라서 유이의 얼굴을 보았다.

"죄송해요. 처음 온 가게에, 두 분 다 초면인데, 제가 신세타령해서 당황스러우시죠?"

유이는 울 것 같은 얼굴로 다급히 콧물을 들이켰다.

"시원하게 속마음을 털어놓으면 좋죠, 뭐. 지금 무슨 말을 하든 우리가 두 번 다시 만나지 않으면 없었던 일이나 마찬가지예요."

"그래, 그래. 일생에 한 번뿐인 만남이잖아. 선술집에서는 창피해도 괜찮아, 아가씨."

오토지로도 동정 어린 말투로 덧붙였다.

유이는 어째서인지 속마음을 털어놓고 싶은 충동에 휩싸였다. 지금껏 속으로만 앓던 감정을 전부 쏟아내고 홀가분해지고 싶었다.

마음씨 좋은 주인아주머니와 장인 정신이 확고한 노인을 만난 지 얼마 되지도 않았건만, 어째서인지 친숙한 느낌이었다. 이 사람들에게는 이야기해도 괜찮다고 마음속 어딘가에서 누군가가 속삭였다.

"저는 배우예요."

아키호와 오토지로는 말없이 고개를 끄덕였다.

"데뷔한 지 벌써 20년도 더 됐어요."

"어머나, 젊은데 경력이 기네요."

"중학생 때 대형 연예 기획사 오디션에 지원했다가 합격했거든요. 그때는 아이돌이 되고 싶었어요."

기획사에 들어가서 레슨을 받다가 고등학생 때 가수로 데뷔했다. 데뷔곡이 히트했고 그 후에도 판매가 순조로워서 아사히나 유이는 아이돌로서 입지를 굳혔다. 스무 살이 넘어서 드라마에도 진출했고, 처음 3년간은 주연으로 활약했다.

하지만 그런 행운이 언제까지고 이어지지는 않았다.

"점점 2번, 3번 역할로 떨어져서⋯. 이제는 드라마 크레디트도 혼자가 아니라 다른 배우랑 둘이서 나란히 나오고⋯. 이제 내리막길이라는 걸 저 자신도 알아요."

유이는 남은 하이볼을 단숨에 들이켜고 잔을 내밀었다.

"한 잔 더 주세요."

아키호는 잔을 받아서 하이볼을 조금 묽게 만들었다.

"제가 멍청했어요. 주연 자리에서 밀려나 2번 역할을 받

바지락과 여배우는 냉동으로

앉을 때 조연으로 살아갈 수 있도록 마음을 고쳐먹었어야 했어요. 저는 주연을 하던 배우니까 계속 주연급을 맡을 수 있을 거라고 아무 근거도 없이 믿었어요. 젊은 스타가 계속 쏟아져 나오는 이 바닥에서 식상한 원조 스타 따위는 아무 가치도 없다는 걸 그때는 몰랐어요."

유이는 하이볼 잔을 받아 들고 깊은 한숨을 쉬었다.

"드라마나 영화에는 작은 극단 출신 배우들이 진출하기 시작했어요. 그 사람들은 연기도 잘하고 개성도 강해요. 그래서 드라마에서 빼놓을 수 없는 존재예요. 그 사람들과 역할을 놓고 경쟁하려면 저도 지금까지와는 다른 무언가를 키웠어야 했는데, 그런 노력을 안 했어요. 저한테 부족한 게 뭔지 생각하려고도 안 했어요. 계속 보고도 못 본 척했어요."

오토지로는 안타깝다는 듯 눈을 내리깔고 고개를 저었다.

"거참, 인기 장사는 힘들겠어. 인기는 기운에 달린 거라 흘러가거나 옮겨가는 걸 막을 수가 없잖아."

"우리 손님 중에 영화를 좋아하는 분이 있는데, 전에 그런 말을 했어요."

아키호는 자기가 마시려고 묽은 하이볼을 만들면서 말했다.

"옛날에는 가능성 있는 친구를 스카우트하면 감독이나 조감독이 철저하게 가르쳐서 제법 제구실하는 배우로 키웠는데, 요즘에는 그냥 있는 사람을 데려다가 쓴대요. 안 맞을 때는 다른 사람으로 바꾸면 그만이니까."

그런 이야기를 해준 사람은 헌책방 주인인 타니오카 타스쿠였다. 젊은 시절 각본가를 꿈꾸며 시나리오 학교에 다녀서 그쪽 분야에 빠삭했다. 어쩌다 무심코 드라마나 영화 이야기를 꺼냈다가는 일장 연설을 들어야 해서 귀찮지만, 가끔은 좋은 말도 한다.

"주연은 분위기만 있으면 실력 없어도 돼. 연기는 조연이 해주니까"라고도 했다. 그래서 조연은 연기력이 필수다.

"앞날을 생각하면 불안해서 점점 우울해져요."

그야 그렇겠지, 싶어서 아키호는 안쓰러운 마음이 들었다. 구석으로 밀려나는 자신을 마주하려니 얼마나 괴로울까.

"저기, 무례한 질문일지도 모르지만, 결혼 예정은 없어요?"

유이는 세차게 고개를 저었다.

"동거까지 한 사람은 있었는데, 결국 헤어졌어요. 배우끼리는 안 돼요. 어느 한쪽이 은퇴하지 않는 한 오래가지 못하는 것 같아요."

바지락과 여배우는 냉동으로

"아까까지 같이 있던 여자분은 친구예요?"

"아, 타마미 씨요? 헤어 메이크업 아티스트예요. 예전에 저를 자주 담당해서 사적으로도 교류가 있어요."

유이는 대답하면서, 그러고 보니 타마미는 어떻게 된 건가 하고 의아하게 생각했다. 지인을 데리러 간 뒤로 돌아오지 않았다. 그렇게 멀리 가지는 않았을 텐데.

"타마미 씨가 오늘 점쟁이를 소개해준다고 했어요."

"점쟁이?"

아키호와 오토지로는 동시에 목소리를 높였다.

"그 점쟁이가 사람의 운세를 잘 본대요. 타마미 씨는 최근에 제 일이 안 풀리는 게 운세가 나쁜 구간에 빠져서 그런 거 아니냐고 했어요. 그걸 좋은 구간으로 전환할 수 있는지 봐달라고 하재요. 저도 영적인 분야에 관심이 있어서 한번 점을 보는 것도 괜찮겠다 싶었어요."

아키호는 오토지로와 눈빛을 교환했다. 두 사람은 같은 생각을 했다.

위험하다.

유이가 내리막길에 접어든 이유는 본인이 말한 대로 아이돌 시절에 들어간 어깨 힘이 빠지지 않아서일 것이다. 그래서 나이에 맞는 역할과 연기가 몸에 익지 않는 것이다.

자기 분석을 그렇게 똑 부러지게 하면서, 점쟁이에게 매

달려 자신의 불행을 정체 모를 구간 탓으로 돌리고 싶어 하는 것은 마음이 약해졌다는 증거다. 자신의 약점을 마주할 힘이 없다는 뜻이다. 그 틈을 타서 점쟁이를 소개한다니, 양심적으로 보이지 않았다. 어쩌면 다른 꿍꿍이가 있을지도 모른다.

"손님, 아까 말씀하신 손님의 경험도 연기에 자양분이 되지 않겠어요?"

"네?"

"손님이 직접 얘기하셨잖아요. 내리막길에 들어선 스타라고요. 영광의 자리에서 밀려나고 보니까 치켜세워주던 추종자들은 멀어지고 친절하던 사람들은 차가워지고 믿었던 사람은 배신하고…. 엄청난 드라마잖아요. 그걸 전부 몸소 경험한 거죠? 그런 배우는 거의 찾아보기 힘들걸요."

아키호는 카운터에서 몸을 앞으로 내밀었다.

"바지락을 냉동하면 네 배 맛있어진다는 사실을 생각해봐요. 어떻게 보면 손님의 괴로운 경험은 냉동보관 같은 거예요. 그러니까 네 배로 매력적인 배우가 될 거예요."

"아키호 말이 맞아."

오토지로도 강하게 동조했다.

"아가씨, 아가씨는 젊은데도 귀중한 경험을 했어. 그게 다 연기에 녹아날 거야. 먹고 마시고 놀면서 흥청망청 사는 것보다 훨씬 연기에 자양분이 될걸."

"저도 운세라는 게 있다고 생각해요. 장사도 잘될 때가 있고 안될 때가 있어요. 하지만 운이 나쁜 시기를 잘 견뎌내고 어떻게든 좋은 방향으로 흐름을 바꾸는 힘은 본인의 의지와 노력이에요. 물론 연구도 해야겠죠. 그런데 무언가를 바친다든지, 빈다든지, 그런 걸로 운세가 바뀐다는 생각에는 도저히 공감하지 못하겠어요."

"아무리 하찮은 것도 믿음을 가지면 다르게 보인다고들 하지만, 그런 걸 빌어봤자 아무 이득도 없어."

유이는 짙게 끼어 있던 안개가 갑자기 걷힌 듯 시야가 탁 트인 기분이었다. 왜 몰랐을까. 운이 나쁘다고 한탄하던 시간도 생각을 바꿔 보니 귀중한 경험이었다. 말하자면 기회로 가득한 보물산 같은 것이었다.

"사실 내년에 방영할 드라마에서 제안이 들어왔어요. 서른다섯 살 싱글 맘이고 손님들한테 바가지 씌우는 바를 운영하는 역할이에요. 저랑은 안 맞는다고 생각했는데…."

그 이야기를 처음 들었을 때는 분노와 굴욕으로 피가 거꾸로 솟았다. 아사히나 유이에게 어떻게 그런 지저분한 역할을 제안하나. 제작자의 판단력이 의심스러웠다. 하지만 지금은 다르다.

"좋은 기회 같은데요? 지저분한 역할이나 악역은 눈에

띄잖아요."

"맞아. 험상궂은 놈이 악역을 하면 뻔해서 재미없잖아. 저리 고운 얼굴로 어떻게 저런 뻔뻔한 짓을 하나 싶어야 보는 사람이 재미있지."

"네. 저도 이제야 알겠어요. 제가 아주 탐나는 역할을 받은 것 같아요."

유이는 싱긋 미소 지었다. 이 가게에 들어온 이후로 밝게 웃은 것은 처음이었다.

"저 그 역할 열심히 할래요. 그리고 마음을 바꿔서 진지하게 연기에 몰두할 거예요."

아키호는 기뻤다. 연기는 잘 모르지만, 유이 본인이 마음을 긍정적으로 고쳐먹었으니 분명 과거와는 다른 길이 열릴 터였다.

"드라마 제목 알려주세요. 방영하면 꼭 볼게요."

"감사합니다. TBS에서 하는….'

유이가 제목을 말하려는 순간, 타마미와 두 여자가 들어왔다. 우르르 밀어닥쳤다는 표현이 적합할 정도로 서두른 기색이었다.

"아, 유이, 기다리게 해서 미안해."

타마미는 뒤에 있는 두 사람을 돌아보았다.

"소개할게. 점술가 하바 키츠키 선생님이랑 조수인 이타가키 타미코 씨야."

유이는 손목시계에 눈길을 던지며 "많이 늦었네"라고 말하려다가 눈을 의심했다. 시곗바늘이 5분밖에 지나지 않았다.

'그럴 리가. 말도 안 돼.'

요리를 세 가지나 먹었고 하이볼을 추가한 데다 가게 주인과 단골손님을 상대로 긴 대화를 나눴다. 아무리 생각해 봐도 한 시간은 지났어야 한다.

유이는 시간을 확인하려고 가게 안을 둘러보았지만, 온통 어탁뿐이었고 시계는 없었다.

"왜 그래?"

타마미가 걱정스러운 표정으로 물었다.

"아니, 그냥. 시계가 멈춰서."

"딱 여섯 시 반이야."

타마미가 재빨리 자신의 손목시계로 눈을 내리며 대답했다.

"하바 선생님, 이타가키 씨, 소개할게요. …뭐, 소개하지 않아도 잘 아시겠지만, 아사히나 유이 씨예요."

"처음 뵙겠습니다."

하바 키츠키는 여유롭게 인사하고는 유이 옆에 있는 의자에 앉았다. 타마미와 이타가키는 두 사람을 사이에 두고 양 끝에 앉았다.

하바는 몸집이 크고 통통했고, 이타가키는 몸집이 작고 건어물처럼 비실비실했다. 둘 다 마흔 중반이나 쉰 정도로 보였다.

아키호는 하바의 체형을 보자마자 점치는 능력에 의문을 품었다.

왜냐하면 교사로 일하던 20대 때, 어떤 유명한 점쟁이를 알게 됐기 때문이다. 정확히 말하면 그 점쟁이 덕분에 목숨을 구했다.

아침 출근길에 역으로 향하던 아키호는 왜나막신 끈이 끊어져서 인도에 쓰러진 기모노 차림의 중년 여성을 부축해 일으켜 세웠다. 여자는 정중히 감사 인사를 하다가 아키호의 얼굴을 올려다본 순간 표정이 굳었다. 그리고 말했다.

"못 믿으실 수도 있지만, 1분만 이 자리에서 움직이지 마세요. 재난을 피하기 위해서입니다."

당황스러웠지만, 그 여자가 풍기는 형용하기 힘든 카리스마에 압도되어 아키호는 그 자리에 우두커니 서 있었다. 그때 약 100미터 앞쪽에서 승용차가 회전하며 가드레일에 부딪혔다. 아키호가 계속 걸었다면 사고에 휘말렸을 위치였다.

"어, 어떻게 아셨어요?"

바지락과 여배우는 냉동으로

여자는 싱긋 웃으며 명함을 내밀었다. '오츠보네 아타에'라고 적혀 있었다. 나중에 알고 보니 유명한 점쟁이로, 정재계 거물 여럿을 고객으로 둘 만큼 대단한 사람이었다.

아키호는 고맙다는 편지와 함께 답례로 과자를 보냈고, 이후에도 두세 번 편지를 주고받았다. 그 편지에 오츠보네 아타에는 이렇게 적었다.

'점쟁이 중에는 맞히는 자와 맞히지 못하는 자가 있습니다. 눈에 보이지 않는 것을 감지하는 힘의 유무에 따라 그 차이가 생깁니다. 그 힘은 천리안, 영감, 예지력, 그밖에도 다양한 이름으로 불리지만, 뿌리는 하나입니다.

하나의 학문으로서 점술은, 다시 말해 역학(易學), 점성술, 사주 등은 통계학입니다. 이걸 배우면 주변에서 일어날 일을 알 수 있지만, 사소한 것 하나하나까지 다 맞힐 수는 없습니다.'

아타에는 선천적으로 그 능력을 갖고 태어났다. 하지만 그것이 자신에게 행복인지 불행인지 모르겠다고 적혀 있었다.

그리고 그 능력을 유지하려면 수련과 절제가 필요해서 등 따시고 배부르게 살면 안 된다고 했다. 그래서 능력이 있는 사람은 대체로 말랐으니 살찐 초능력자나 점쟁이는 믿지 말라고도 적혀 있었다.

그러니까 이 사람은 가짜다.

아키호는 오동통하게 살이 오른 하바의 얼굴과 몸을 보며 속으로 중얼거렸다.

"타마미 씨한테 얘기 들었습니다. 요즘 좋은 역할을 못 받는 건 지금 유이 씨 당신한테 악연이 들러붙었기 때문입니다. 그 악연을 끊어 내면 틀림없이 밝은 미래가 열릴 겁니다."

예상대로 하바는 매우 수상쩍은 말을 뱉었다.

하지만 유이는 단호하게 고개를 저었다.

"제가 잘못 생각했어요. 좋은 역할을 못 받은 이유는 제가 저를 틀에 가뒀기 때문이에요. 오늘에서야 제 미숙함을 깨달았어요. 이 깨달음이 앞으로 제 재산이 될 거예요."

하바는 당황한 듯 눈동자를 굴리다가 이타가키를 힐끔 곁눈질했다. 이타가키는 심각한 표정으로 유이에게서 타마미 쪽으로 시선을 옮겼다. 타마미는 아주 잠깐 사이에 유이가 왜 마음을 바꿨는지 영문을 몰라서 불안한 눈빛으로 이타가키를 마주 보았다.

"힘들게 와주셨는데 죄송해요. 전 이제 고민 없어요. 새로운 역할에 도전해서 나의 활로를 찾을 거예요."

유이는 결연하게 선언하고 가방에서 지갑을 꺼내더니, 카운터에 만 엔짜리 지폐를 올려놓았다.

"잘 먹었습니다. 거스름돈은 됐어요."

시원스레 의자에서 일어나 고갯짓으로 가볍게 인사하고 가게를 나섰다. 그때 유이의 뒤에 후광이 보이는 듯해서 그 누구도 말을 걸지 못했다.

"유이, 잠깐만."

타마미가 뒤늦게 정신을 차리고 일어나서 유이를 쫓아 가게를 나갔다.

남겨진 하바와 이타가키는 얼빠진 표정으로 서로 마주 보았다.

"뭐야, 이거?"

이타가키는 성난 듯 입술을 일그러뜨렸다.

"나한테 묻지 마. 아사히나 유이가 늪에 빠져서 다 체념하려고 한다고 얘기한 건 타마미잖아. 근데 얘기가 너무 다르네. 괜히 시간만 낭비했어."

하바는 짜증난다는 듯 어깨를 으쓱했지만, 이타가키는 끈질기게 받아쳤다.

"썩어도 준치라고, 아사히나 유이잖아. 아직은 써먹을 만 해. 한 번 냉대 당했다고 포기하기는 아까워."

"어쩌려고? 타마미를 구워삶아서 한 번 더 만날 기회를 만들어?"

"지금은 그 방법밖에 없지. 그런데 타마미는 조금 약해. 아사히나 유이랑 친구라고 하더니."

하바는 비웃듯 코웃음을 쳤다.

"언니, 여배우한테 친구가 어디 있어? 메이크업 담당자랑 스타일리스트가 친구는 무슨 친구. 허울 좋은 꼬붕일 뿐이지."

"그건 그래."

이타가키도 짓궂은 미소를 지었다.

아키호는 반쯤 놀라고 반쯤 어이가 없어서 두 사람을 번갈아 보았다. 교활하고 고약한 심보가 둘이 아주 똑 닮아서 감탄스러울 지경이었다.

하바와 이타가키는 아키호와 오토지로를 개의치 않았다. 두 사람의 모습이 보이지 않나 싶을 정도였다.

"아무튼 작전을 다시 짜야 해."

이타가키가 그렇게 말하며 일어서자, 하바도 커다란 엉덩이를 의자에서 떼고 일어났다. 두 사람은 아키호와 오토지로를 전혀 안중에 두지 않고 가게에서 나갔다.

"뭐야, 저건?"

오토지로는 어이없는 표정으로 아키호를 보았다.

"저 인간들, 나이는 먹을 대로 먹어 놓고 예의도 모르나?"

"방약무인이라는 말을 그대로 인간으로 빚어낸 것 같은 콤비네. 그야말로 옆에 사람이 없는 것처럼 굴어."

그때 타마미가 돌아왔다.

"일행으로 오신 두 분은 가셨어요."

"그렇군요."

타마미는 낙담한 기색도 없이 의자에 앉았다. 지친 얼굴로 등을 구부리고 어깨를 늘어뜨렸다.

"맥주 주세요."

아키호는 삿포로 맥주 병마개를 따서 잔과 함께 내놓았다. 타마미가 미모에 비해 눈에 띄지 않는 이유는 헤어 메이크업 아티스트라는 직업 특성 때문일지도 모른다. 여배우를 상대하는 직업이니만큼 철저히 보조자로 있어야 일이 순조롭게 풀릴 테니까.

"손님, 괜찮으시면 재첩 간장 절임 드실래요? 간 기능이 향상돼서 피로 해소에 좋아요."

타마미는 멍하니 맥주 거품을 바라보다가 귀찮다는 듯 눈을 들어 아키호를 보았다.

"돈은 안 내셔도 돼요. 먼저 나간 아가씨한테 너무 많이 받았거든요."

"그래요. 그럼 먹을게요."

타마미는 건성으로 대답하고 맥주 거품으로 다시 눈을 돌렸다. 내면에 깃든 울적함이 부풀어 올라서 몸 밖으로 흘러넘치는 듯 보였다.

"나중에 온 두 분이랑은 오래전부터 알던 사이세요?"

원래 타마미는 우연히 들어온 선술집의 사장에게 사적인 질문을 들으면 불쾌해지는데, 이상하게도 오늘은 화가 나지 않았다. 순순히 대답했다.

"올해 알게 됐어요. 고민이 있어서 점을 좀 봤는데, 엄청 잘 맞더라고요. 그래서 문제가 있을 때마다 점을 봐요."

"불륜이었나요?"

타마미는 놀라서 아키호의 얼굴을 마주 보았다.

"어떻게 아셨어요?!"

"마흔 전후의 독신녀가 할 만한 고민이야 연애 아니면 돈이나 직업 문제죠."

타마미는 한숨을 흘리며 카운터에 턱을 괴었다.

"하긴 그렇죠. 일을 배우는 데 급급해서 기를 쓰고 노력했는데, 눈 깜짝할 사이에 마흔이 코앞이더라고요. 이제라도 결혼하려고 하니까 주변에 있는 남자들은 전부 기혼이고…. 이대로 10년쯤 지나면, 나이 든 부모님 간병도 해야할 텐데."

타마미는 재첩 하나를 입에 넣고 천천히 씹더니, 맥주를 마시자 표정이 다소 누그러졌다.

"이거 맛있네요."

"감사합니다."

아키호는 타마미가 나쁜 사람 같지 않아서 과감하게 물었다.

"점을 믿는 편이에요?"

"좋은 얘기는 믿어요. 나쁜 얘기는 안 믿고요."

"다들 그렇죠."

"영적인 걸 무시하는 사람도 있지만, 그런 사람은 애초에 복을 많이 받았다는 뜻이에요. 일에서도 인간관계에서도. 네 능력이 부족해서 다른 사람만큼 일거리가 안 들어온다는 얘기보다는 조상님께 제대로 공양하지 않아서 방해하는 영혼이 있다는 얘기가 조금 더 마음 편하잖아요?"

갑자기 조상님이나 영혼 같은 말이 튀어나오자, 어안이 벙벙해진 아키호와 오토지로는 무어라 대답해야 할지 몰라서 말문이 막혔다.

"그런 이유라면 내 능력이랑 상관없다는 뜻이니까 자존심 상할 일도 없죠."

"그건 그렇지만…."

아키호가 말을 흐리자, 오토지로가 뒷말을 이어받았다.

"그런데 조상님께 제대로 공양했는데도 일이 잘 안 풀리면 어떻게 해?"

"분명히 다른 이유가 또 보일 거예요. 팔자가 사납다든지, 소지품에 악령이 씌었다든지."

"그 말을 믿어요?"

아키호는 더 어이가 없어서 되물었다.

"정말 궁지에 몰리면 믿을지도 모르죠. 이리저리 다양한 시도를 해 보는 사이에 싫어하는 사람이 인사이동으로 사라지거나 이직할 기회가 생길 수도 있고요."

"그런데 조상님께 공양하는 비용을 내라느니, 생명의 물이나 신비의 항아리 같은 이상한 물건을 사라느니 하니까 돈이 꽤 나가지 않아요?"

그때 불길한 생각이 머리를 스쳤다.

"벌써 샀어요?"

"아직요."

타마미는 약하게 고개를 흔들었다.

"근데 사라고 권유는 받았어요. 운이 트이는 손거울요."

"그게 얼만데요?"

"5만 엔이요."

"절대 사지 마세요."

"5만 엔이면 나쁘지 않다고 생각했는데."

"5만 엔으로 운이 트일 것 같으면, 진작에 전 국민이 복권에 당첨됐을 거예요."

오토지로가 아키호를 보며 히죽 웃었다.

"근데 5만 엔이라니 금액을 교묘하게 잘 정했다. 50만

바지락과 여배우는 냉동으로

엔, 100만 엔이면 아무래도 고민될 텐데, 5만 엔이면 젊은 직장인이 못 낼 금액은 아니지."

"지금 5만 엔을 내면 다음에는 10만 엔, 20만 엔짜리 상품을 권유할걸요. 그렇게 금액이 점점 커지다가 결국에는 100만 엔, 200만 엔, 천만 엔."

"알았어요."

타마미는 마지못해 고개를 끄덕였다.

"근데 점을 보면 정신적으로 나아지는 건 확실해요. 불륜에서도 벗어났고, 일이 잘 풀리지 않아서 침울해하던 당시에는 마음이 편해졌고…."

"사실은 점쟁이한테 조언을 듣기 전부터 손님이 스스로 마음을 먹은 거 아니에요? 불륜을 관둔 것도, 일 고민을 금방 털어 버린 것도요."

타마미는 놀란 표정을 지었다. 깨달은 바가 있었나 보다.

"조상님의 영혼하고는 상관없는 일이었어요."

하지만 타마미는 고민스러운 듯 눈썹을 찌푸렸다.

"그럴지도 몰라요. 하지만 죽으면 끝이라고 생각하니 못 견디겠어요. 죽으면 모든 게 사라진다는 말은 이 세상에서 불행했던 사람은 끝까지 구원받지 못한다는 뜻이잖아요."

"그건 동감이에요. 저도 네로와 파트라슈가 천국에서 행복했으면 좋겠거든요."

아키호는 그렇게 말하며 미소 지었다.

"하지만 조상님이나 가까운 사람의 영혼은 살아 있는 사람을 괴롭히지 않을 거예요. 반대로 도와줄 수도 없고요. 그냥 지켜볼 뿐이죠. 저승에서 이승을 내려다보며 걱정하고, 기뻐하고, 늘 마음을 기울이지 않을까요?"

아키호는 남편 마사요시를 생각했다. 지내는 장소는 저승과 이승으로 나뉘었지만, 그래도 아키호를 걱정하며 멀리서 지켜봐 줄 것이라고…, 그렇게 믿는다. 그것이 진실이든 아니든 상관없다. 그렇게 믿을 수 있다는 것이 중요하다.

"유이 씨는 마음을 바꿔서 자기 힘으로 길을 개척하겠다고 했어요. 손님도 점이나 초자연에 기대지 말고 자기 실력을 무기로 나아가세요. 지금까지 일을 계속해왔으니까 실력이 있을 것 아니에요? 그걸 소중히 여기세요."

타마미는 묘한 기분에 사로잡혔다.

헤어 메이크업 일은 인간관계에 좌우되는 경향이 커서 타마미는 자기 능력을 확신하기 힘들었다. 하지만 사람들 사이에서 아무리 처세를 잘해도 애초에 실력이 엉망이면 일이 들어오지 않는다. 마흔이 넘은 지금도 대형 잡지와 광고대행사에서 의뢰가 들어오고, 직접 타마미를 지명해서 고용하는 인기 배우와 모델도 있다. 전부 자신이 습득한 기술의 성과가 아닌가.

바지락과 여배우는 냉동으로

"그래요. 맞아요."

타마미는 자기 자신을 타이르듯 대답을 입 밖에 냈다.

"왠지 기분이 엄청 좋아요."

아키호와 오토지로의 얼굴을 번갈아 보며 타마미는 환하게 미소 지었다.

"두 분, 감사합니다. 처음 만났는데도 왠지 이모, 삼촌 같아요."

"송구하네요. 신코이와에 오시면 또 들러주세요."

아키호는 정답게 말했지만, 속으로는 유이와 타마미가 이 가게에 또 올 일은 없으리라고 생각했다. 오토지로가 말한 대로 일생에 한 번뿐인 만남. 선술집에서는 창피한 모습을 보여도 괜찮으니까.

땅거미가 내린 신코이와 역을 벗어나 루미에르 상점가를 걷는데, 뒤에서 목소리가 들렸다.

"타마미 씨."

돌아보니 유이가 있었다.

"저는 어제 그 선술집에 잠깐 들르려고요."

"유이도?"

두 사람은 한목소리로 "통했네" 하고는 상점가 중간에서 오른쪽으로 꺾었다. 이 골목 첫 모퉁이에서 왼쪽으로 꺾으면, 바로 어제 그 가게가 나올 것이다. 그런데….

"이상하다."

"분명히 이 근처였는데."

예스러운 술집과 닭꼬치집 간판이 눈에 익었다. 그런데 그 사이에 있어야 할 〈요네야〉는 없고, 그 대신 셔터를 내린 〈사쿠라 접골원〉이 있다.

"옆에 들어가서 물어보자."

타마미는 닭꼬치집의 미닫이문을 열었다.

카운터에 앉은 손님 네 명이 일제히 두 사람을 돌아보았다. 안쪽에서 부채를 부치던 가게 사장과 생맥주를 따르던 그의 아내도 말없이 두 사람에게 시선을 던졌다.

"저기, 뭐 좀 여쭤볼게요. 이 거리에 요네야라는 선술집이 있지 않나요?"

사장 부부와 손님 네 명의 얼굴이 액체 질소라도 맞은 듯 얼어붙었다.

"아가씨들이 요네야에 갔다는 말이야?"

여든 살쯤 된 여자 손님이 떨리는 목소리로 물었다.

"네. 어제요."

손님 네 명과 사장 부부는 굳은 얼굴로 시선을 주고받다가 무어라 소곤소곤 대화했다.

"저기, 왜 그러세요?"

바지락과 여배우는 냉동으로

"요네야는 30년 전에 없어졌어."

유이와 타마미는 똑같이 반 옥타브 높은 목소리로 반응했다.

"말도 안 돼."

"어제 거기에서 술을 마셨어요. 주인아주머니랑 나이 든 단골손님이랑 대화도 했고…."

여든을 넘어 보이는, 시원하게 머리가 벗겨진 손님이 크게 고개를 흔들었다.

"아키호는, 요네야의 여사장은 30년 전에 죽었어. 여기 있는 사람들이 다 같이 장례식에도 갔으니 확실해."

"말도 안 돼요!"

유이는 그 손님을 가리켰다.

"어제 만난 단골손님은 어르신이랑 똑 닮은 사람이었어요. 기모노 관리점을 운영해서 기모노를 엄청 잘 알았어요. 얼룩투성이인 기모노에 무늬를 넣어서 멋지게 되살렸다고 주인아주머니한테 신나게 얘기했어요."

손님은 눈을 크게 떴다. 그 눈동자가 순식간에 눈물로 젖었다.

"우리 아버지야. …기모노 관리점 사장 오토지로. 명인이라고 불리는 장인이었어. 나는 불효막심하게도 가게를 잇지 않고 회사원이 됐어. 아버지는 아무 말씀도 안 하셨지만, 속으로는 내가 가게를 잇길 바라셨을 거야."

오토지로의 아들 나오타로는 팔꿈치를 구부려 셔츠로 눈가를 닦았다. 옆자리에 앉은 헌책방 주인 타니오카 타스쿠가 위로하듯 어깨를 토닥였다.

"아저씨는 기모노 관리점이 점점 쇠퇴해 가는 걸 아셨어. 그래서 자기 대에서 마무리를 짓고 아들은 다른 일을 해야 한다고 요네야에서 나한테 말씀하셨어."

"맞아. 지난 30년을 생각해 보면 나오타로 씨는 회사원이 되길 잘했어. 가게를 이었으면 아저씨 장례식을 그렇게 훌륭하게 치를 수 없었을 거야."

20세기 중반 느낌이 물씬 나는 미용실 리즈의 주인 이즈츠 코마키도 거들었다.

"아무튼, 아키호랑 아버지 둘 다 잘 지내는 것 같아서 다행이야. 저번에 온 청년도 좋게 말했잖아."

네 사람 중에서는 가장 젊은 낚시 도구점 주인 미즈노에 타이조가 매우 밝은 목소리로 말했다.

"이제 우리도 언제 저승에 초대받든 마음 편하게 가면 되겠어."

"그래. 저승도 의외로 재미있는 것 같아."

타스쿠가 마무리 짓듯 말하자, 네 사람은 잔을 들어 건배했다.

바지락과 여배우는 냉동으로

유이와 타마미는 영문을 몰라 얼빠진 상태로 가게를 떠났다.

역을 향해 걸으면서 타마미가 중얼거렸다.

"지켜볼 뿐이라고 했으면서 이모님은 도와줬네."

유이는 조용히, 하지만 힘차게 말했다.

"나 보물산에 보물이 하나 늘었어. 어제 한 경험, 평생 잊지 않을 거야."

신코이와의 밤하늘은 파친코 가게와 캡슐 호텔의 현란한 빛에 반사되어 일곱 색으로 반짝였다.

제3화

친한 사이에도
거리 두기

멀리서 시계가 울리는 소리를 들은 것 같아서 아키호는
퍼뜩 고개를 들었다.

"어머, 내가 언제 잠들었지?"

거실에 앉아 있다가 자기도 모르게 반상에 엎드린 채로
깜빡 잠이 들었나 보다. 정신을 차리고 보니 입가에서 침
한 줄기가 흘렀다.

"…아이코!"

갑 휴지를 두세 장 뽑아서 얼른 입 주변을 닦았다. 맛있
는 음식 먹는 꿈을 꾼 것도 아닌데 나이 때문일까? 그리고
괘종시계 소리가 들린 것도 이상했다.

"우리 집에는 이제 그런 시계가 없는데."

벽에 걸어 둔 검고 커다란 태엽 괘종시계가 망가져서 가볍고 동그란 건전지 시계로 바꾼 것은 1970년대에서 1980년대로 넘어갈 즈음이었다.

바로 어제 일 같은데, 그 이후에 버블이 시작되면서 땅값이 급등해 땅 투기꾼들이 설쳤고, 디스코 붐이 일어서 젊은 아가씨들은 무대에서 팬티가 보이도록 춤을 췄고, 연호도 바뀌었다.

"많은 일이 있었네."

아키호는 불단에 장식한 마사요시의 사진을 돌아보며 쓴웃음을 지었다.

'여보, 1999년에는 정말 하늘에서 공포의 대왕이 내려와?'

마사요시는 대답 없이 그저 온화하게 미소 지었다. 그 모습 덕분에 오늘도 안심하고 가게를 열 수 있다.

"자, 이제 준비해야겠다."

아키호는 영차 하고 기합을 넣으며 일어나서 가게로 이어지는 계단을 내려갔다.

신코이와역 남쪽 출구에는 루미에르 상점가가 있지만, 북쪽 출구에는 미노리 상점회라는 1950년대부터 운영된 상점가가 있다. 루미에르 상점가와 달리 아케이드는 없지만, 남북으로 약 200미터에 걸쳐 신선식품을 위주로 장사하는 가게가 약 백 곳이나 있다.

카츠시카구 남쪽에 있는 에도가와구와 이웃한 동네에서 나고 자란 아키호는 신코이와역 남쪽에서 장을 볼 때가 많아서 북쪽에 갈 일이 거의 없었다. 결계가 있는 것도 아닌데 자연스레 그렇게 되는 이유는 아무래도 식품이나 잡화 같은 생필품을 남쪽 상점가에서 전부 구할 수 있기 때문이었다.

그리고 신코이와에 부족한 의류나 가전제품을 살 때는 남쪽 주민과 북쪽 주민 모두 전철을 타고 킨시쵸로 갔다. 오래전부터 유지된 신코이와의 생활 방식이었다.

"어서 오세요."

오늘의 첫 손님은 기모노 관리점 〈타카사고〉의 주인 쿠츠카케 오토지로였다.

"홋피."

늘 그랬듯 홋피를 주문한다.

"여기 기본 안주."

아키호는 홋피와 소주가 든 잔에 이어 재첩 간장 절임이 담긴 작은 그릇을 내놓았다.

"앞으로 기본 안주는 재첩으로 할 거야. 술고래한테 필수래. 간에 좋아서."

"게다가 맛도 있지."

오토지로는 재첩을 집더니 입으로 가져가서 알맹이를

빨아들였다.

"된장과 치즈로 속을 채운 유부를 만들었는데, 먹어 볼 래요?"

"괜히 고생하지 말고 그냥 구워서 간장이랑 내놔도 충분한데."

"가끔은 색다른 안주도 먹어 봐요."

"…그래 볼까."

오토지로는 순순히 고개를 끄덕였다. 5년 전에 아내를 잃어서 그런지 요네야에서 아키호에게 이런저런 잔소리를 들어도 절대 싫어하지 않는다.

아키호는 오토지로가 안주를 거의 먹지 않아서 조금 걱정되었다. 아내가 건재했을 당시에는 요네야에서 술을 마시고 집으로 돌아가 저녁을 먹었지만, 요즘에는 아무것도 먹지 않고 잘 때가 많다는 이야기를 아들 나오타로에게 들었다.

냉장고에서 된장치즈 유부가 담긴 용기를 꺼내고 두 개를 집어서 석쇠에 올렸다. 된장치즈 유부는 반으로 자른 유부의 입구를 벌려서 주머니 형태로 만든 다음 안쪽에 된장을 바르고 슈레드치즈와 다진 파를 채우면 완성이다.

유부는 구우면 바삭하면서 고소해지고, 안쪽에 든 된장과 치즈는 부드럽게 녹고, 고명으로 올린 파는 시선을 끈

친한 사이에도 거리 두기

다. 미리 만들어서 냉동고에 넣어두고 필요할 때 해동해서 구우면 끝이다.

"최근에 재미있는 일 없었어, 삼촌?"

오토지로는 의기양양하게 코를 벌렁거렸다.

"한둘이 아니지. 엄청 큰일을 해치웠어."

"그래? 어떤 일?"

오토지로는 젓가락으로 유부를 집어서 한 입 베어 먹고 잇자국 난 부분을 들여다보았다.

"흐음. 꽤 괜찮네."

"그렇지?"

이 음식 하나로 식물성 단백질과 동물성 단백질, 발효식품을 동시에 섭취할 수 있다. 아키호는 오토지로가 영양분을 골고루 섭취해서 오래 살았으면 했다.

"그래서 큰일이 뭔데?"

"검은 기모노 재염색."

"검은 기모노면 검은색 아니야? 염색을 다시 할 이유가 있어?"

"색이 완전히 바랬거든. 검은색도 아니고 회색도 아닌 애매한 색이었어. 그 상태면 세탁해도 변화가 없고 얼룩 제거를 해도 똑같아서 다시 염색하는 수밖에 없었어."

오토지로는 기운차게 홋피를 들이켰다.

"두 달 후에 있을 아들 결혼식에서 입고 싶댔어. 시할머니가 물려준 20세기 초반의 유서 깊은 물건이라더니, 보자마자 딱 느껴지더라고. 묵직한 고급 비단에 은실로 빽빽하게 부채 모양 자수가 놓였는데, 그 부채에는 사군자, 십자거북등무늬, 칠보무늬까지, 상서로운 보물이 가득 그려져 있었어. 그 시절 장인은 참 대단해."

오토지로의 이야기에는 모르는 단어가 몇 개 섞여 있었지만, 아키호는 말을 끊지 않고 조용히 귀를 기울였다. 이곳에서 기모노 이야기를 하는 것도 오토지로에게는 술을 마시는 것과 비슷한 수준의 낙이었다.

"기모노를 뜯어서 뜨거운 김으로 다리고 무늬를 덮은 상태에서 적색 바탕 흑색으로 당겨 염색하면, 그야말로 홀딱 반할 만한 기모노로 다시 태어나는⋯."

무늬를 덮는다는 것은 색을 유지하고 싶은 부분에 풀을 발라서 염색되지 않도록 막는다는 뜻이고, 적색 바탕 흑색이라는 것은 처음에 붉은색으로 물들인 다음 그 위에 검은색으로 염색한다는 뜻이며, 당겨 염색한다는 것은 천을 잡아당겨 댓개비로 팽팽하게 만든 상태에서 솔로 염료를 발라 염색하는 기법이라고, 오토지로에게 여러 번 반복해서 들은 덕에 외웠다.

검은색은 그 종류가 다양하다. 남색으로 바탕을 깐 검은

색은 남색 바탕 흑색이라고 부른다. 적색 바탕 흑색은 검은색 밑에 붉은색이 숨어 있고 남색 바탕 흑색에는 남색이 숨어 있다.

여자들에게 검은 옷만 허락되는 중동 국가에서는 검은색만 수십 가지로 다양하고 해마다 '유행 색'도 있다고 한다. 게다가 흰색도 다양한데, 중동에서 남자가 입는 하얀 민족의상의 원단은 일본제가 인기가 많다고 한다.

"삼촌의 이야기를 듣다 보니까 나도 기모노가 입고 싶어지네."

오토지로는 홋피 잔을 손에 들고 만족스러운 듯 빙그레 웃었다.

"좋지. 결혼할 때 몇 벌 받았을 것 아니야?"

"응. 예복용이랑 나들이용이랑 무지 기모노."

"가게에서는 못 입겠지만, 가끔은 입어 봐. 계속 옷장에 처박혀 있으면 기모노가 불쌍하잖아."

"그렇기는 한데, 기모노를 입고 갈 데가 없어. 그리고 젊었을 때 맞춘 거라 지금 입기에는 너무 화려해서 창피해."

"그럼 내가 나서야겠구먼. 염색을 다시 해. 파격 할인가로 해줄게."

"으음…."

아키호는 벌써 몇 년이나 옷장에 처박혀 있는 기모노

세 벌을 머릿속에 떠올렸다. 예복용 검은 기모노는 무늬에 주홍색이 들어가서 튀어 보였고, 나들이용 기모노는 서양 풍 꽃무늬가 화려해서 입을 마음이 들지 않았고, 무지 기모노는 노란빛이 도는 분홍색이라서 이 나이에 입기에는 조금 민망했다.

"삼촌이 다시 염색해주면 괜찮아질까?"

"나만 믿어. 옛날 기모노는 질이 좋아서 염색만 제대로 하면 새로 맞추는 것보다 이득이야."

아키호는 오토지로와 대화하면서 질냄비를 불에 올렸다. 그 안에는 쌀과 물이 들었다. 죽을 만들 생각이다.

오늘은 실 다시마로 육수를 만들었다. 실 다시마에 뜨거운 물만 부으면 돼서 무척 간단하지만, 감칠맛이 나고 걸쭉해서 식감도 좋다. 이 육수에 연간장과 미림으로 간을 하고 죽에 부으면 색다른 맛이 탄생한다. 오토지로를 위한 마무리 요리로 제격이다.

질냄비가 끓어서 불을 약하게 줄였을 즈음 미닫이문이 열렸다.

"안녕하세요."

들어온 사람은 처음 보는 손님이었다. 나이는 마흔을 조금 넘어 보였고, 버튼다운 셔츠에 재킷, 노 넥타이였다. 남자의 옷을 잘 모르는 아키호가 봐도 감각적이었고 몸에 걸

친 물건도 고급스러웠다.

"어서 오세요."

이렇게 멋있는 사람이 왜 우리 가게에 왔을까? 주류를 취급하는 카페로 착각했을 리는 없는데.

살가운 미소로 맞이하면서도 속으로는 위화감을 떨칠 수 없었다. 양복뿐만 아니라 사람 자체도 점잖고 멋있는 남자였다. 아무리 생각해도 요네야의 손님으로는 어울리지 않는다. 롯폰기에 있는 세련된 가게에서 브랜디 잔이나 빙글빙글 돌려야 할 것 같은 분위기다.

"홋피 주세요."

새로운 손님의 이름은 카타히라 타케루. 대형 광고대행사에서 일하며 마흔두 살에 GM(총괄부장)으로 발탁된, 한마디로 출세한 사람이었다.

타케루는 카운터 구석에 앉아서 가게 안에 붙은 어탁을 신기한 눈으로 바라보았다.

"속 빈 강정이라 죄송해요. 죽은 남편이 생전에 낚시를 좋아해서 저런 게 붙어 있는데, 우리 가게는 해산물 요리를 안 해요."

아키호는 손님이 오해하지 않도록 선수를 치고는 물수건과 기본 안주인 재첩 간장 절임을 내놓았다.

타케루는 작게 고개를 끄덕이고 물수건으로 손을 닦았

다. 홋피를 마시고 재첩을 집어먹더니 의외라는 표정을 지었다.

"이 재첩, 맛있네요."

"감사합니다. 대만 음식점을 운영하는 분한테 배웠어요."

타케루는 카운터에 있는 메뉴를 힐끗 보더니 정면으로 눈을 돌리고 아키호에게 물었다.

"여기 추천 메뉴가 뭐죠?"

"내장 전골이요. 초벌로 푹 익혀서 잡냄새가 전혀 안나요."

타케루는 한 손으로 위장 근처를 누르며 살짝 얼굴을 찌푸렸다.

"으음, 역시 안 먹는 게 낫겠습니다. 오늘 속이 안 좋아서 기름진 건 좀…. 소화에 좋은 다른 건 없나요?"

"육수 젤리는 어떠세요? 가다랑어랑 다시마로 낸 육수를 간장이랑 미림, 소금으로 간하고 젤라틴으로 굳혔어요. 소화가 잘되고 부드러워서 목 넘김도 좋아요."

"그렇군요. 그거 주세요."

아키호는 유리 용기에 넣어 굳힌 육수 젤리를 냉장고에서 꺼냈다. 마무리로 작고 동그란 쌀과자를 뿌리고 민트 잎을 올렸다. 국물을 젤리처럼 굳혔을 뿐이지만 의외로 맛있는 술안주가 된다.

타케루는 젤리를 한 숟갈 떠서 호로록 빨아들였다.

"세련됐네요. 맛도 좋고 보기에도 예뻐서 고급 식당에 온 기분입니다."

"손님, 과찬이세요."

아키호는 만족스레 눈웃음을 지으며 입술로 호선을 그렸다. 요리 칭찬을 들어서 기쁜 것도 있지만 상대가 멀끔한 미남이라서 더더욱 그랬다.

"아키호, 나카 좀 더 줘."

"네."

오토지로의 쇼트 글라스에 소주를 따라서 카운터에 놓았다.

"삼촌, 계란장 먹을래?"

"응."

반숙으로 익힌 달걀을 간장 양념에 담근 계란장은 미리 만들어 두기 좋아서 요긴하다. 아키호는 양념에 카레 가루를 섞어서 계란장을 조금 특별하게 만든다.

타케루는 오토지로 앞에 나온 계란장을 보고 침을 꿀꺽 삼켰다.

"사장님, 저도 계란장 주세요."

"네, 감사합니다."

타케루는 계란장이 담긴 작은 접시를 받자마자 젓가락

을 들고 절반을 한입에 먹었다.

"카레 맛이 나는군요. 특이하네요."

"다른 가게에서 먹어 보고 맛있어서 흉내 내 봤어요."

타케루는 계란장을 안주 삼아서 홋피를 다 마시고 잔을 내려놓았다.

"여기도 나카 더 주세요. 슬슬 배가 고프네요. 아직 점심을 안 먹었거든요. 사장님, 뭔가 따뜻한 음식 없습니까?"

"으음…."

아키호는 재빨리 냉동고에 준비해 놓은 음식 목록을 떠올렸다.

"당면이 들어간 중국식 국은 어떠세요? 새우랑 채소가 들어가서 소화에 나쁘지 않을 거예요."

"그걸로 주세요."

아키호는 냉동고를 열고 냉동 지퍼 백을 꺼냈다. 냉동 새우와 청경채, 대파, 팽이버섯, 절반 길이로 자른 건조 당면을 지퍼 백에 담고 술과 간장을 넣은 뒤 냉동했다. 냄비에 물을 끓여서 닭 육수 분말과 참기름, 소금, 후추를 첨가한 다음 지퍼 백에 든 내용물을 전부 넣고 익히면 완성이다. 재료 1인분이 전부 지퍼 백에 들어 있어서 정말 간편하다. 당면과 풍부한 채소는 위에 부담이 없고, 건더기가 많아서 먹는 재미도 있다.

타케루는 입김을 후후 불어서 국을 입으로 가져가고는 홋피로 혀를 식혔다.

"이 가게는 오래됐나요?"

"한 20년 됐나?"

"그래요? 그럼 제가 이사 간 뒤에 생겼나 보군요."

"어머, 손님, 신코이와에서 사셨어요?"

"학창 시절에 마츠시마 3가 연립주택에서 살았습니다."

"어머나. 그랬군요."

에도가와구 마츠시마는 카츠시카구 남단과 인접해서 신코이와역에서도 가깝다. 루미에르 상점가도 주소로 따지면 남쪽은 카츠시카구가 아니라 에도가와구 마츠시마다.

"20년 만에 와봤는데, 거의 안 변했더라고요. 남아 있는 가게도 꽤 있고요. 올림피아랑 제일책방이랑 토리마츠가 있어서 정말 반가웠습니다."

올림피아는 의류 양품점이고, 토리마츠는 닭고기 전문점인데 닭꼬치나 닭튀김 같은 반찬도 파는 곳이다.

"다들 오래됐죠."

천천히 계란장을 삼킨 오토지로가 타케루 쪽으로 고개를 돌렸다.

"형씨, 세이유에 있던 신코이와긴자랑 콘파루랑 제일극장은 알아?"

역 앞 세이유 마트가 있는 건물은 현재 쿳타나 신코이와라고 불리는 식당 건물이지만, 예전에는 이름이 세이유 백화점이어서 의류를 파는 층도 있었고 5층과 6층에는 영화관도 있었다.

"아니요, 전혀 모릅니다. 그 건물에 영화관이 있었나요?"

"옛날에는 영화가 오락계의 왕이었으니까. 신코이와 근방에 영화관만 다섯 곳이었어."

여름방학과 겨울방학이 되면 아이들은 신코이와 도에이 영화관이나 콘파루에 '도에이 만화 축제'와 '도호 챔피언 축제'를 보러 갔다.

세이유 백화점 6층에 있던 제일극장은 신코이와에 남아 있던 마지막 영화관이다. 막바지에는 성인 영화관으로 변해 버렸지만, 그전에는 외화 두 편을 묶어서 한 편 요금으로 볼 수 있게 동시 상영하던 곳이라 아키호는 제일극장에서 반년 지난 명화를 여러 편 감상했다.

"신코이와에도 다양한 역사가 있나 보군요. 저는 4년밖에 안 살았지만 살기 좋은 동네라는 인상을 받았습니다."

"많이들 그렇게 말씀하세요. 물가도 저렴하고 도심이랑 접근성도 좋은데 비교적 집값이 싸다고요."

도쿄역까지 급행열차 하나로 14분, 요코스카선 직행열차를 타면 신바시, 시나가와, 요코하마에도 환승 없이 갈

친한 사이에도 거리 두기

수 있다.

"게다가 늦게까지 하는 식당도 많고…, 〈하시고〉가 아직 있어서 반가웠어요."

"아아, 탄탄면 가게요?"

"네. 마무리 삼아 먹고 갈까."

조금 전에는 전골을 마다해 놓고 탄탄면이라. 요네야에서 마시는 사이에 속이 나아진 것일까. 아니면…?

아키호는 '맥주로 시작해서 라멘으로 끝낸다'는 술꾼들의 철칙이 떠올라서 웃음이 새어 나왔다.

"손님, 신코이와 다음에는 어느 지역으로 이사하셨어요?"

"산겐자야요."

아키호는 오토지로와 시선을 주고받으며, 그럴 줄 알았다는 듯 고개를 끄덕였다.

"젊은 놈들은 다들 서쪽으로 가고 싶어 하지. 입만 열면 산겐자야, 시모키타자와, 키치죠지."

"산겐자야랑 시모키타자와, 키치죠지는 젊은이들한테 인기가 엄청나죠. 실제로 살아 보면 교통도 안 좋고 집값도 비싼데 다들 그렇게 선망하더라고요."

타케루는 쑥스러운 듯 머리를 긁적였다.

"반성합니다."

"어쩔 수 없죠. 화려하잖아요. 젊은 사람들이 좋아할 만

해요."

"그런데 사장님이 말씀하신 대로였습니다. 불편한 데 비해 집값이 비싸서 2년 만에 이사했어요."

이사한 곳은 시모메구로였고 현재는 모토아자부에 있는 아파트에서 살지만, 말해봐야 자랑하는 꼴밖에 되지 않으니 입을 다물었다.

타케루는 메뉴를 대충 훑어보고 고개를 들었다.

"으음, 레몬하이 주세요. 그리고 기본 안주로 나온 재첩도 더 주세요."

아키호는 잔에 소주와 탄산수를 붓고 레몬즙을 몇 방울 떨어뜨린 다음 머들러로 섞었다. 서민적인 번화가에 자리한 술집답게, 생레몬을 쓰는 있어 보이는 짓은 하지 않는다.

"주문하신 음료 나왔습니다."

레몬하이 잔을 내놓고 작은 기본 안주 그릇에 재첩 간장 절임을 담았다.

"사장님은 낚시 안 하세요?"

"전혀 안 해요. 남편이 가끔 손님들을 꼬드기긴 했죠. 삼촌도 몇 번 같이 배에 탔지?"

"그랬지. 주로 도쿄만에 갔어. 한번은 숙소를 잡고 같이 코즈시마에 갔는데, 얼마나 재미있었는지 몰라. 고기도 많이 잡혔고 창오징어, 흑점줄전갱이, 갈고등어, 홍바리… 다 맛있었어."

"그때 우리 집에도 몇 마리 가져왔잖아. 홍바리 조림이 정말 맛있었어."

"마사요시는 입버릇처럼 바리과는 다 맛있다고 했지."

오토지로는 씁쓸한 눈빛으로 고개를 흔들었다.

"나는 원래 낚시꾼이 아니라서 마사요시가 떠난 뒤로는 한 번도 낚시를 못 갔어. 굳이 까다로운 노인네한테 같이 가자고 해주는 기특한 녀석은 찾기 힘들거든."

"아쉽네요. 사장님도 같이 가셨으면 좋았을 텐데."

아키호는 가볍게 어깨를 으쓱했다.

"안 따라가길 잘했죠. 마누라가 같이 있으면 제대로 숨 돌릴 수가 없잖아요."

타케루는 의외라는 듯 눈썹을 찌푸렸다.

"왜요?"

"왜냐하면 우리는 같은 가게에서 1년 365일 대부분 붙어 있었거든요. 가끔은 따로 떨어져야 서로 갑갑하지 않잖아요."

"그렇군요."

타케루는 감탄하듯 한숨을 쉬더니 혼잣말을 중얼거렸다.

"친한 사이에도 사회적 거리 두기가 필요한 건가."

그리고 가게 안에 붙은 어탁을 다시 한번 훑어보았다.

"그런데 이렇게 훌륭한 어탁을 보니 아쉽군요. 사장님도 낚시를 했으면 낚은 고기를 가게에서 요리하셨을 텐데."

"저도 가끔 그런 생각을 했는데, 요전에 온 손님이 말이죠…."

아키호는 이탈리안 요리사 테시가와라 진을 떠올렸다. 일생에 한 번뿐인 만남이었지만 좋은 만남이었다.

"굳이 갓 잡은 고기를 고집하지 않아도 사온 생선에 약간의 정성만 더하면 훌륭한 술안주가 된다고 하더라고요. 힘들게 직접 다듬을 필요 없이 손질은 전문가에게 맡기고, 회나 생선 블록처럼 다듬어진 상태에서 조리해도 충분하다고요."

"아, 맞는 말입니다."

타케루는 순순히 고개를 끄덕이며 레몬하이를 한 모금 마셨다.

"하긴 생선 한 마리를 통으로 일반 가정에서 처리하기는 힘들죠. 얼마 전에 엄청 질 좋은 도미를 통째로 받았는데…, 저희 아내는 요리를 배워서 생선을 손질할 줄 알거든요."

대가리와 등뼈는 탕으로, 살은 회와 구이로, 나머지는 다시마에 말아서 버리는 것 없이 먹었다.

"그래도 내장이랑 손질하고 남은 대가리는 버려야 합니

다. 저희 아파트에서는 언제든 쓰레기를 배출할 수 있지만, 부패하면 안 되니까 일부러 냉동고에서 얼려서 버렸어요. 음식물 쓰레기 수거가 일주일에 두 번인 집에서 살았으면 쓰레기를 며칠이나 냉동 보관해야 해서 비합리적이었을 거예요."

아키호는 다른 것보다 타케루 아내의 뛰어난 실력이 감탄스러웠다.

"사모님이 대단하시네요. 아직 젊으시죠?"

"스물네 살입니다."

아키호와 오토지로는 깜짝 놀라서 뒤로 자빠질 뻔했다. 타케루의 나이대로 보아 아내는 30대일 줄 알았다.

"요즘 아가씨들이랑은 차원이 다르네. 형씨, 횡재했구먼. 좋은 아내를 얻어서 좋겠어."

"네, 감사합니다."

타케루는 어쩐지 황송하다는 듯 몸을 움츠렸다.

"안녕하세요."

미닫이문이 열리더니 남녀 손님이 들어왔다. 근처에서 미용실 리즈를 운영하는 이즈츠 마키와 헌책방을 하다가 은퇴한 타니오카 타다스였다. 나이는 둘 다 오토지로와 비슷했다.

"어서 오세요."

"오, 왔어?"

오토지로가 돌아보며 두 사람에게 인사했다. 셋 다 이웃이자 요네야의 단골손님이고 아키호와 비슷한 나이대의 자식이 있다.

"맥주."

"미지근한 사케, 작은 거 한 병."

물수건을 쓰는 마키의 왼손 약지에서 다이아 반지가 반짝였다. 이제는 오래된 단골손님이 올 때 말고는 딸인 코마키와 종업원에게 일을 전부 맡기고 드라이나 커트도 하지 않는 위치지만, 영업 중에는 늘 반지를 빼놓는다. 마키의 반지는 일이 끝났다는 신호 같은 것이다.

아키호는 두 사람에게도 기본 안주인 재첩을 냈다. 다행히 재첩 간장 절임은 단골손님들에게도 평이 좋았다.

마키와 타다스도 아키호와 오래된 사이라 성향과 취향을 잘 안다. 딱히 지정하지 않는 한 안주는 그날 있는 것을 순서대로 내고, 손님들은 배가 부르면 스톱을 외친다. 한마디로 '무한 리필식'이다.

"오늘은 전골, 계란장, 된장치즈 유부, 바지락 술찜이야. 마무리로는 당면이 들어간 중국식 국이랑 실 다시마가 들어간 죽 중에 뭐가 좋아?"

"당면 들어간 국."

"나도. 죽은 왠지 '비눗방울 홀리데이'* 같아서."

"아빠, 죽 다 됐어요."

"항상 고마워. 이럴 때 너희 엄마가 살아 있었으면 좋았을 텐데."

"아빠, 그런 말은 안 하기로 했잖아요."**

노인회에서 갑자기 시작된 '비눗방울 홀리데이 놀이'를 젊은 타케루가 의아한 얼굴로 바라보았다.

그 기색을 알아차린 마키가 손을 휘휘 저으며 씩 웃었다.

"미안해요, 시끄럽게 해서."

"아니요, 무슨 말씀이십니까. 저야말로 분위기를 흐려서 죄송합니다."

상대가 젊고 잘생겨서인지 마키는 반지가 잘 보이도록 왼손을 얼굴 옆에 세운 채 말을 이었다.

"이거 우리 남편이 준 반지야. 헤어질 때 도로 가져가라고 던져 버리려고 했는데, 갖고 있길 잘했어. 예전에 여행하다가 지갑을 잃어버려서 눈앞이 캄캄했을 때, 이 반지를 전당 잡아서 호텔비랑 기차삯값을 구했거든. 그래서 부적대신 갖고 다녀."

"그렇군요. 하긴, 전당물은 몸에 지니는 게 제일 안전하죠."

타케루는 갑자기 걱정되는지 옷 주머니를 뒤적거렸다.

---

* 1960~1970년대 일본에서 방송된 예능 프로그램

** 예능 프로그램 '비눗방울 홀리데이'에 나온 콩트의 대사를 그대로 재현한 장면

"형씨, 시계 좋은 거 찼네. 그거 비싸지 않아?"

타다스가 손목시계를 가리켰다.

"그렇네요. 이거면 되겠군요."

타케루는 시계를 쓰다듬다가 웃는 얼굴로 아키호를 바라보았다.

"지갑이 있을 때 얼른 계산하겠습니다. 사장님, 잘 먹었습니다."

"감사합니다."

아키호는 계산서를 내밀었다.

"거스름돈은 괜찮습니다. 맛있었어요."

타케루는 5천 엔짜리 지폐를 올린 채 계산서를 돌려주었다.

"황송하네요. 감사히 받겠습니다."

아키호는 정중하게 고개를 숙이고 카운터 안쪽에서 타케루를 배웅했다.

"뭐야, 뭐야? 무슨 바람이 불어서 저런 미남이 이런 가게에 온 거야?"

"이런 가게라니, 실례야. 안 그래, 아키호?"

타다스는 조금 기막히다는 표정으로 마키를 나무랐지만, 아키호는 웃으며 고개를 저었다.

"이모 말이 맞아. 나도 왜 저런 손님이 우리 가게에 왔는지 모르겠어. 롯폰기에나 어울릴 사람이잖아."

"그렇지?"

마키는 의기양양하게 고개를 끄덕이고 작은 잔에 담긴 술을 비웠다.

"그나저나 요즘에는 계속 안 어울리는 손님들이 오네. 지난달에는 예쁜 아가씨 둘이 오더니."

"그랬어?"

타다스가 오토지로 쪽으로 몸을 내밀며 물었다.

"그래. 우연히 마주쳐서 깜짝 놀랐어. 그야말로 쓰레기통에 핀 장미였어."

"아, 나도 그 자리에 있었어야 했는데."

타다스는 잔에 든 맥주를 단숨에 비웠다.

"그래요, 그래. 삼촌, 죽 다 됐어요. 식기 전에 드세요."

실 다시마로 낸 육수에 연간장과 미림을 넣고 데운 다음 갓 만든 죽 위에 얹는다. 마무리로 다진 대파와 간 생강을 더한다. 부드럽고 걸쭉한 소스를 얹은 죽은 독특한 맛을 뽐낸다.

"이거 맛있겠다."

오토지로는 숟가락으로 죽을 뜨고 조심스레 후후 불었다.

"오, 걸쭉한 소스가 올라갔구나. 유명한 고급 식당에서 나오는 죽이랑 똑같아."

타다스가 오토지로의 죽 그릇을 들여다보며 말했다.

"뭔가, 나도 마무리로 이걸 먹고 싶어졌어."

"그 말을 들으니까 나도 그걸 먹어야겠어."

"네. 그럼 지금 2인분 준비할게요."

아키호는 질냄비에 쌀을 담아서 씻고 물을 추가한 다음 가스레인지에 올렸다.

"그러고 보니 삼촌, 이츠키는 요즘 어때?"

"어휴, 어떻긴…."

타다스는 한숨을 쉬었다.

타다스의 손자 이츠키는 외아들 타스쿠의 아들로, 유명한 대학교 문학부를 우수한 성적으로 졸업하고 대학원 석사 과정을 수료한 뒤 박사 과정에 들어갔다. 그리고 얼마 지나지 않아 유명한 소설가와 안면을 터서 사설 비서처럼 일한 것을 계기로 대형 출판사에 소개되어 집필 의뢰를 받았다. 그 책의 평판이 좋아서 이후에 여러 출판사에서 집필 의뢰가 들어왔다.

그런데 지도 교수는 이를 달가워하지 않았다. 자신과는 연이 없는 대형 출판사에서 연달아 집필 의뢰를 받는다고 시기하며 이츠키를 미워했다. 지도 교수에게 미운털이 박히면, 박사 학위를 따기 힘들다.

매일매일 시달린 끝에 이츠키는 요즘 노이로제에 걸린

상태라고 했다.

"나 참! 대단하신 대학교수님이 그게 무슨 꼴값이야. 추한 짓을 잘도 하네. 구역질 나."

오토지로가 내뱉듯 말하자, 마키도 얼굴을 잔뜩 찌푸렸다.

"꼭 '하얀 거탑' 같다. 그 왜, 교수가 제자를 시기해서 권모술수로 쫓아내려고 하잖아."

"에헤이, 타다스 씨네 손자는 그렇게 거만하고 재수 없는 제자 놈이랑은 달라. 겸손하고 노인을 공경할 줄 안다고."

"교수라는 인간이 그렇게 덜떨어지니까 제자가 아무리 뛰어나도 빛을 못 보지."

아키호는 충분히 있을 법한 일이라고 생각했다. 대학원을 다녀 본 적은 없지만, 교사 세계도 비슷했다. 아이들을 가르치고 키우고 싶어서 교사가 됐지만, 교무실은 출세욕과 질투와 적대심이 소용돌이치는, 도무지 '성직'과는 거리가 먼 곳이었다.

"다른 연구실로 옮기기는 어렵대요?"

타다스는 미간에 세로 주름을 잡았다.

"그런가 봐. 다른 교수들도 동료한테 찍힌 연구생을 받자니 찜찜하겠지. 그 동료랑 어색해질 게 뻔하고 교수회에서 이런저런 말 나오는 것도 싫을 테고."

타다스는 젊은 시절, 칸다에 있는 유명한 헌책방에서 일했다. 그곳의 주 고객이 대학교수와 연구원이어서 학회나 연구실의 분위기가 어떤지를 종종 주워들었다.

"차라리 그런 연구실을 끊어 내고 제대로 집필 활동을 시작하면 안 돼? 생각해 봐. 출판사랑도 연결고리가 있고 책도 여러 권 썼고 평판도 다 좋다면서. 그럼 비열한 교수한테 억압당하면서 노이로제에 시달릴 필요는 없을 것 같은데."

"나도 그렇게 생각하는데, 손자 놈은 포기하기가 힘든가 봐. 졸업하고 5년이나 대학에 남아서 석사부터 박사 과정을 밟았고 거의 다 왔는데 이제 와서 전부 내팽개치려니…."

"마음은 알지만…."

뒤틀린 인간관계를 원상태로 돌리기는 어렵다. 소설이나 드라마 속에서는 가능하지만, 아키호는 현실에서 그런 사례를 보거나 들은 적이 없다. 이츠키가 아무리 예를 다하려고 해도 교수의 마음에는 닿지 않을 것이다.

이해관계가 없는 사이여도 싫은 상대와 얼굴을 마주하면 스트레스가 쌓인다. 하물며 상대가 생사여탈의 권한을 쥐고 있으니, 이츠키의 번뇌는 얼마나 클까.

스트레스에서 벗어나려면 도망치는 수밖에 없다. 그곳에

친한 사이에도 거리 두기

서 멀리 떠나면 더는 스트레스에 시달리지 않아도 된다.

이츠키의 마음이 완전히 문드러져서 돌이킬 수 없는 지경에 이르기 전에 교수와 완전히 연을 끊고 몸을 피해야 한다고 아키호는 절실히 생각했다.

타케루는 요네야를 나와서 역 쪽으로 가다가 파친코 가게에 들어갔다. 게임을 하고 싶어서가 아니라 시간을 때우기 위해서였다.

무심하게 구슬을 치는데, 어쩐 일인지 당첨이 나왔다. 차분하게 쳐서 오히려 적중률이 높았나 보다.

두 시간 만에 무려 상자 네 개가 찼다. 구슬이 더 늘어나면 귀찮을 것 같아서 돈으로 바꾸러 가자, 주변 손님들의 선망에 찬 눈빛이 날아와 꽂혔다.

타케루는 파텍 필립 시계로 시선을 떨어뜨렸다. 이제 겨우 아홉 시 반을 지났다.

다른 파친코 가게에 들르자니 귀찮았다. 별생각 없이 앞을 올려다보자, 캡슐 호텔과 사우나 전광판이 눈에 들어왔다.

욕조에 잠깐 몸이나 담글까….

그리고 바로 캡슐 호텔에서 묵는 것도 나쁘지 않겠다. 내일은 호텔에서 직장으로 곧장 가면 된다. 중간에 아무 가게에나 들러 와이셔츠와 속옷을 사서 갈아입으면 문제 될 것도 없다.

타케루는 캡슐 호텔로 걸음을 옮겼다.

시곗바늘이 열 시 반을 가리켰다. 둘이서 온 손님이 방금 나간 참이었다.

이제 문을 닫을까.

자택을 겸해서 운영하는 가게라 영업시간을 명확히 정해두지 않았다. 손님이 들어오는 시간에 따라 밤 두 시까지 영업한 적도 있다. 오늘은 단골손님들도 이미 다 다녀갔고, 이 가게와 어울리지 않는 낯선 손님도 와주었다. 계속 영업해 봤자 새로운 손님이 올 것 같지 않았다. 이럴 때는 일찍 마무리하는 것이 최고다.

외부 조명을 끄려고 카운터 밖으로 나갔을 때, 가게 문이 드르륵 열렸다.

"어머."

오늘 일찍 떠난 손님이 돌아와서 깜짝 놀랐다. 두 번 다시 오지 않을 줄 알았던, 이 가게와 어울리지 않는 손님이라서 더더욱 놀라웠다.

"뭐 놓고 가셨어요?"

"아니요. 영업 끝났습니까?"

아키호는 조심스럽게 묻는 타케루를 안심시키듯 고개를 저었다.

"들어오세요. 우리 가게는 손님이 있으면 영업시간이에요."

타케루는 안심한 듯 카운터 중앙 좌석에 앉았다.

"오래 있지는 않을 겁니다. 사우나에 갔다가 자려고 했는데 술이 완전히 깨서 잠이 안 오더라고요."

들어보니 마무리 삼아 온 듯했고, 얼굴은 개운해 보였다. 타케루는 메뉴판도 보지 않고 주문했다.

"으음, 사케요. 미지근하게 한 병 주세요."

"네. 잠시만 기다리세요."

아키호는 서둘러 술병에 사케를 붓고 주전자에서 중탕으로 데웠다.

"아, 맞다. 〈하시고〉에서 탄탄면 드셨어요?"

"아니요. 가게 앞까지 갔다가 지금 먹으면 부대낄 것 같아서 그냥 왔습니다."

타케루는 쓴웃음을 흘렸다.

"나이가 든 거죠. 씁쓸하지만."

"무슨 소리예요? 아직 젊으면서."

꼭 젊은 사람들이 나이 든 척을 한다. 정말로 나이를 먹으면 노화 현상이 뼈에 사무쳐서 가볍게 '나이 들었다'고 말할 수가 없다.

아키호는 속으로 조용히 중얼거리며 단골손님인 오토지로와 마키, 타다스를 떠올렸다. 그 사람들이 '나이 들었다'고 우는소리 하는 모습은 본 적이 없다.

"안주로 드세요. 돈은 됐어요. 아까 넉넉히 주셨으니까."

알맞게 데워진 술과 함께 육수 젤리를 내놓았다. 이거라면 속이 부대낄 걱정도 없다.

"아아, 이거 맛있었어요. 안 그래도 또 먹고 싶었습니다."

타케루는 작은 잔을 카운터에 놓고 숟가락으로 젤리를 떴다.

"사장님, 뭐 하나 더 만들어 주시겠습니까? 속이 편한 걸로요."

"으음…. 부추 달걀 두부는 어떠세요?"

"네, 좋습니다."

육수를 작은 냄비에 담아서 불에 올리고 간장과 미림으로 간을 한 뒤 연두부와 부추를 차례로 넣고 달걀물을 풀었다. 단순하지만 맛이 순하고 부드러워서 밤술과 함께 즐기기에 제격이다.

"내친김에 미지근한 사케 한 병 더 주세요."

타케루는 천천히 잔을 입으로 가져갔다.

"자기 전에 마시는 술로는 미지근한 사케가 최고라고 상사가 그러더군요. 알코올은 체온하고 온도가 같지 않으면 효과가 좋지 않대요. 그래서 사람 체온과 비슷하게 데운 술을 마시면 금방 알딸딸해지고 그 상태가 오래가서 효율이 좋다고 합니다."

"어머, 솔깃한데요."

"그런데 그 말을 한 장본인이 과음으로 알코올 중독이 됐으니 설득력은 부족해요."

큼직하게 자른 연두부가 냄비 안에서 위아래로 움직였다. 그 타이밍에 부추를 넣고 어느 정도 익으면 달걀물을 푼다. 달걀의 부드러운 식감이 중요해서 과하게 익히면 안 된다. 불을 끄고 작은 그릇에 담았다.

마침 두 번째 술병도 알맞게 데워진 참이었다.

"…맛있다. 역시 사케는 국물 요리랑 잘 어울리네요."

타케루는 숟가락으로 부추 달걀 두부를 떠서 입에 넣고 이어서 잔을 기울였다. 그 동작을 잠시 반복하다가 숟가락을 놓고 작은 그릇을 빤히 쳐다보았다.

"이 그릇, 시노야키*인가요?"

"글쎄요. 아주 옛날에 결혼 축하 선물로 받은 거라서 잘 모르겠어요."

아키호는 부추 달걀 두부가 담긴 그릇을 응시하는 타케루를 보다가 문득 떠올랐다. 스물네 살인 젊은 아내는 지

---

* 기후현에서 제작된 도기

금쯤 뭘 하고 있을까? 시계를 보니 열한 시를 넘었다.

"저희 가게는 상관없지만, 손님은 막차 시간 괜찮으세요?"

"괜찮습니다. 오늘 밤에는 역 앞 캡슐 호텔에서 묵으려고요."

그 말을 듣고 치바 방면으로 출장을 가나 생각했지만, 수중에 짐이 없어서 이상했다.

"사모님이랑 신혼이잖아요? 집에 안 들어가도 돼요?"

타케루는 아주 살짝 미간을 찌푸렸다. 괜한 오지랖 때문에 불쾌한가 싶었는데, 타케루는 그대로 표정을 일그러뜨리며 얼굴을 양손에 묻었다.

"왜, 왜 그러세요?"

"…어떻게 하면 좋을지 모르겠습니다."

타케루는 목소리를 짜내서 대답했다.

"태어나 처음 진심으로 사랑할 수 있는 여자를 만나서 장벽을 몇 개나 뛰어넘고 겨우겨우 결혼했습니다. 그런데 저는 아내가 있는 집 안에 몸을 둘 수가 없습니다. 있을 곳이 없습니다."

타케루는 크게 한숨을 쉬고 나서야 얼굴에서 두 손을 뗐다. 그 표정은 조금 전과는 다른 사람처럼 어둡고 쓸쓸해서 처참하기까지 했다.

"저는 부모님의 얼굴이 거의 기억나지 않아요. 저희 아버지는 제가 태어난 지 얼마 안 돼서 사업에 실패하는 바람에 막대한 빚을 떠안았습니다. 빚을 갚는 데 시달리느라 점점 곪아 갔는지, 어머니에게 폭력을 휘둘렀다고 합니다. 어머니는 견디지 못하고 도망치셨어요. 그날 밤 아버지는 술에 취해서 육교에서 떨어져 돌아가셨습니다. 아버지가 돌아가셨는데도 어머니는 저를 데리러 오지 않았어요. 쉽게 말해 자식을 버린 거죠. 저는 아동보호시설에 들어가서 고등학교를 졸업할 때까지 거기서 살았습니다."

아키호는 숨을 삼키고 타케루의 이야기를 들었다. 세련된 외모로는 상상도 못 할 어린 시절이었다.

"저는 대학교에 들어가고 싶었지만, 입학금과 수업료를 내줄 친척이 없어서 형편상 불가능했어요. 그런데 어느 날, 일생일대의 행운이 찾아왔습니다."

하굣길에 별생각 없이 산 복권이 2등에 당첨됐다. 억 단위의 금액은 아니었지만, 대학교 입학금과 수업료, 4년간의 생활비를 확보하기에는 충분했다.

"저는 그 돈으로 신코이와에 방을 얻어서 대학교에 다녔습니다. 아르바이트를 하지 않아도 학비를 낼 수 있어서 그만큼 공부에 힘을 쏟았고, 영어와 법률 전문 지식을 익혔습니다."

그 덕분에 대형 광고대행사에 신입으로 채용되었고, 일

하면서도 좋은 성적을 내서 실력을 인정받으며 순조롭게 출세했다.

"자랑할 생각은 없지만, 인기가 많았습니다. 독신에 좋은 회사에 다니고 높은 연봉을 받으니까 여자들 쪽에서 많이 다가왔어요."

아키호도 쉽게 상상이 됐다. 더구나 타케루는 외모가 멀끔하고 붙임성이 있으니 여자들이 줄을 섰을 것이다.

"하지만 도저히 진심으로 대할 수 없었습니다. 마음 한쪽에서 믿을 수가 없었거든요. 어머니에게 버려진 게 트라우마였는지도 모르죠. 어떤 여자든 내가 불행한 상황을 맞닥뜨리면…. 일하다가 실수해서 회사에서 잘린다든가, 교통사고로 몸에 장애가 생긴다든가, 그렇게 되면 나를 버리고 바로 다른 남자를 찾을 거라는 생각이 자꾸 들었습니다."

아키호는 안쓰러워서 아무 말도 할 수 없었다. 아이에게 부모는 인생에서 처음으로 사랑을 요구하는 대상이다. 자식을 사랑하지 않는 부모는 있어도 처음부터 부모를 사랑하지 않는 자식은 없다. 그런 부모에게 사랑받지 못했다는 마음의 상처는 깊어서 오랜 세월에 걸쳐 본인을 상처 입힌다.

"그런데 작년에 태어나서 처음으로 진심을 다해 사랑할

수 있는 여자를 만났습니다."

"사모님이요?"

타케루는 겉옷 주머니에서 스마트폰을 꺼내더니 화면에 아내 사진을 띄워서 아키호에게 보여주었다.

아키호는 꼭 마술을 본 기분이었다. 얇고 길쭉한 기기가 마치 TV 화면처럼 선명한 사진을 띄웠다.

"호노카예요. 처음 만났을 때는 대학교에 다니고 있었습니다."

타케루의 아내 호노카는 무척 곱게 자란 분위기를 풍겼다. 아름답고 기품 있고 유하고 온화하고 다정해 보였다. 남자라면 누구나 아껴주고 싶어 할 것 같았다.

"멋진 분이네요. 그런데 요리까지 잘하는 거죠? 이런 분을 찾는 건 잔디밭에서 바늘 찾기보다 힘든데."

최고의 칭찬을 던지자, 타케루는 쑥스럽게 미소 지었다.

"감사합니다. 저도 그렇게 생각해요."

"이렇게 훌륭한 사모님이 기다리시는데 왜 집 안에 있을 곳이 없다는 거예요?"

"…제대로 설명하기가 힘듭니다."

타케루는 스마트폰을 넣고 또다시 깊은 한숨을 쉬었다.

"저는 가정이 뭔지 모릅니다. 그래서 한 지붕 아래서 부부나 부모 자식이 어떻게 살아야 하는지 몰라요."

타케루는 눈을 들고 애원하듯 아키호의 얼굴을 보았다.

"저는 호노카를 사랑합니다. 호노카도 저를 사랑합니다. 그건 틀림없는 진실입니다. 그런데 호노카랑 온종일 같은 집에 있으면 점점 어찌할 바를 모르겠습니다. 무언가에 쫓기는 듯한 초조함, 불안감, 답답함이 한꺼번에 몰려와서 집에 있는 게 무섭습니다. 저도 정말 왜 그런지 모르겠어요."

아키호는 팔짱을 끼고 지혜를 짜내려고 열심히 머리를 굴렸다.

"사모님께 뭔가 불만이 있으세요?"

"그런 건 생각해본 적도 없습니다."

"예를 들어, 사모님이 깔끔한 걸 좋아해서 틈만 나면 청소하는 게 귀찮았을 수도 있죠."

타케루는 단호하게 고개를 저었다.

"저는 마흔둘이 되도록 혼자 살아서 아마 생활하는 데 저 나름의 취향이 있을 겁니다. 하지만 결혼하면 집안일은 호노카가 원하는 대로 하게 해주겠다고 다짐했습니다. 다소 저의 취향과 맞지 않더라도 시간이 지나면 익숙해질 테니까요. 그래서 일상생활에서 뭐가 마음에 안 든다거나, 그런 불만은 전혀 없습니다."

아키호는 과감하게 질문했다.

"예전에 사귀던 여자랑 동거해본 경험은 있으세요?"

친한 사이에도 거리 두기

타케루는 또다시 단호하게 고개를 저었다.

"전혀요. 생각 없이 합쳤다가 어영부영 결혼까지 갈 것 같아서 싫었습니다."

"그렇군요."

희미하지만 아키호는 타케루가 품은 고민의 원인이 보이는 듯했다.

"문득 든 생각인데, 손님은 지금까지 가족과 함께 살아 본 적이 없는 거죠?"

"네. 부모님과 헤어졌을 때는 갓난아이였습니다."

"그것 때문이 아닐까요?"

타케루는 괴롭게 얼굴을 찌푸렸다.

"아니, 대놓고 그런 소리를 하셔도 어쩔 도리가 없습니다. 과거는 못 바꿉니다."

"그런 뜻이 아니에요. 처음부터 완벽하기를 바라지 말고, 난이도가 제일 낮은 것부터 시작해서 천천히 높여 가는 게 어떠냐는 말이에요."

타케루는 진의를 묻듯 조용히 아키호의 눈을 들여다보았다.

"우선은 그냥 연애하듯이 일주일에 한 번 데이트를 해요. 물론 같은 집에 살지는 말고 손님이 다른 아파트를 빌리든 해서 따로 살아요. 거기에 익숙해지면 이번에는 은밀

한 애인처럼 일주일에 몇 번 사모님의 집에 들러서 가끔은 잠도 자 봐요. 말하자면 '왕래혼'인 거죠. 그 정도로 서로 합의가 되면 무리하게 같이 살 필요 없이 '별거혼'으로 충분하지 않나 싶은데, 한 번쯤은 '동거혼'에 도전해 봐요."

아키호는 순간적인 아이디어로 '왕래혼'이나 '별거혼'을 제안한 것이 아니었다. 실제 사례를 알아서였다.

타니오카 타다스의 아들 타스쿠는 아키호와 동갑으로, 대학교를 졸업한 뒤 취직하는 대신 아버지가 운영하는 헌책방을 이어받았다. 그리고 원래 취미였던 영화에 더 깊이 빠져서 시나리오 학교에 다니며 마치 은퇴한 노인처럼 편안하게 지냈다.

그런 타스쿠는 고등학교 동창이던 사오리와 결혼해서 이츠키를 필두로 아들 하나와 딸 둘을 낳았다. 학창 시절부터 섬 지역 교육에 열정을 불태우던 사오리는 교원 자격증을 따서 이즈의 외딴섬에 있는 초등학교로 부임했다. 한마디로 신혼 초부터 타스쿠와 별거혼을 감행한 것이다.

여자 혼자 교직과 세 아이 육아를 병행하기가 녹록지 않았을 텐데, 본인은 "학교 옆이 바로 교원용 주택이어서 그렇게 힘들지는 않았어"라고 태연하게 말했다.

타스쿠와 사오리는 여름방학과 겨울방학을 이용해 카츠시카에 있는 집과 섬을 왕래했다. 아이들은 중학교 때까지는 섬에서 사오리와 살았고, 고등학교 때부터는 도쿄에 있는 학교에 들어가서 타스쿠와 살았다. 당연하지만, 타스쿠는 세 아이가 대학교에 들어갈 때까지 매일 도시락을 만들어 주고 청소와 빨래를 도맡아 했다.

사오리는 지금도 외딴섬에서 교직 생활을 이어가는데, 현재는 교감이다. 섬에서 첫 여자 교장으로 취임할 날이 머지않았다고 한다.

정년퇴직하면 신코이와로 돌아와서 타스쿠와 함께 살 예정이라 둘 다 그날을 고대한다고 했다.

물론 타스쿠와 사오리의 선택을 비난하는 사람도 있었다. 특히 사오리에게는 세간의 공격이 거셌다. 하지만 두 사람은 사랑과 신뢰로 고난을 극복했고, 은혼식을 마친 지금도 여전히 부부 사이가 원만하다.

그래서 아키호는 부부 사이에 사랑과 신뢰만 있으면 생활 방식이 어떻든 상관없다고 믿는다.

타케루는 팔짱을 끼고 깊이 생각하다가 이윽고 고개를 들고 중얼거렸다.

"…사장님 말씀이 맞을지도 모르겠습니다."

"두 사람의 마음만 통하면 방식에 얽매일 필요 없어요. 별거혼이든 왕래혼이든 두 사람에게 가장 잘 맞는 형태를 선택하면 돼요."

아키호는 타케루를 보고 타이르듯 말했다.

"오늘 저한테 털어놓은 이야기를 사모님께도 하셨어요?"

"아니요. 조리 있게 말하기가 힘들어서⋯."

"오늘은 조리 있게 말했잖아요. 방금 한 것처럼 사모님께 얘기해 보세요. 그리고 진심으로 부탁해 봐요."

아키호는 가슴 앞에 손을 모으고 연극 같은 투로 말했다.

"나는 너를 사랑해. 너를 잃으면 내 인생은 온통 캄캄할 거야. 나는 너와 평생을 함께하고 싶어. 그러니까 가정생활이 어떤 건지 내 머릿속에 뚜렷한 이미지가 생길 때까지 이 실험에 협조해줘."

타케루는 웃지 않았다. 무서우리만치 진지한 얼굴로 여러 번 고개를 끄덕였다.

"감사합니다, 사장님. 도움이 됐습니다. 그렇게 해볼게요."

"건투를 빌어요."

타케루를 배웅하려고 할 때, 갑자기 타다스의 걱정스러운 표정이 머리를 스쳤다. 아키호의 오지랖으로 한 쌍의 부부가 무사히 위기를 넘길 것 같다. 하지만 다른 한 청년의 수난은 어떻게 해야 할지 모르겠다.

"무슨 걱정 있으세요?"

"조금요."

"얘기해 보세요. 이번에는 제가 듣겠습니다."

타케루가 가벼운 어조로 말했다.

이츠키의 일은 아키호가 관여할 수 있는 문제가 아니다. 하지만 전도유망한 청년의 미래가 불합리하게 꼬이는 것을 손 놓고 볼 수밖에 없어서 답답하고 분했다.

"괜한 오지랖인 건 알지만, 우리 가게에 오는 오랜 단골 손님의 손자가 글쎄…."

대략적인 사연을 자기도 모르게 털어놓아 버린 데에는 타케루가 무척 호감 가는 사람이라는 점도 한몫했지만, 앞으로 다시는 못 볼 남이라 편하다는 이유도 있었다.

타케루는 거의 끼어들지 않고 동정 어린 표정으로 여러 번 고개를 끄덕이면서 이야기를 들어 주었다.

이야기를 마쳤을 즈음에는 아키호도 조금 속이 시원해졌다. 사람은 마음을 털어놓기만 해도 스트레스가 제법 풀리는 법이다.

"…저도 사장님 의견에 동의합니다."

타케루는 분개한 말투로 확언했다.

"그 사람, 반드시 연구실을 그만두고 독립해야 합니다. 지금껏 책을 몇 권이나 썼으면서 교수한테 억눌려서 한창 물 들어올 때를 놓치면 안 되죠."

"연구실을 중간에 관둬도 괜찮을까요?"

"괜찮고말고요. 독자들은 작가의 간판을 보고 책을 사

는 게 아니니까요. 예를 들자면, 타니오카 이츠키라는 사람은 박사 과정 중에 연구실을 뛰쳐나왔지만, 지금은 에도 역사 연구의 굳건한 일인자로 A재단 학예상과 K기념 학예상을 받았고, 무엇보다 연달아 베스트셀러를 내고 있잖습니까."

아키호는 순간 귀를 의심했다. 방금 분명히 타니오카 이츠키라고 한 것 같은데….

"아아, 타니오카 이츠키는 에도 시대 역사를 연구하는 사람이에요. 역사 분야에서 책을 많이 썼는데, 영화화도 됐고 엄청 잘 팔립니다. 〈주판 추신구라〉라고, 작년에 개봉한 영화 보셨나요?"

아키호는 충격을 받은 나머지 입이 떨어지지 않았다. 타니오카 이츠키? 동명이인인가? 아니면 지금 자신이 백일몽을 꾸는 것일까?

"…그러니까, 그 사람은 연구실을 뛰쳐나오기를 잘한 거네요?"

"엄청 잘한 거죠. 그때 연구실에 계속 틀어박혀 있었으면 지금의 타니오카 이츠키는 없었을 겁니다."

동명이인이든 백일몽이든 상관없다. 어쩌면 이츠키를 가엾게 여겨서 잘생긴 신의 사자가 이 가게를 찾아온 것일지도 모른다.

친한 사이에도 거리 두기

"감사합니다. 내일 손님이 오면 그 이야기를 해볼게요."

"저야말로 감사합니다. 사장님의 조언대로 잘되면 사장님은 저희 부부의 은인입니다."

타케루는 카운터에 만 엔짜리 지폐를 놓고 말릴 틈도 없이 훌쩍 가게를 떠났다.

'저 사람, 정말 신의 사자일지도 모르겠다.'

아키호는 타케루가 사라진 쪽을 향해 합장을 하며 예를 표했다.

하루 만에 두 번이나 방문한 가게라서 길을 착각했을 리가 없는데, 그 선술집은 보이지 않았다.

루미에르 상점가 아케이드 중간에서 오른쪽으로 꺾고 골목 첫 모퉁이에서 왼쪽으로 꺾었다. 분명히 예스러운 술집과 닭꼬치집 사이에 수수한 붉은 초롱이 걸려 있었는데, 눈앞에 있는 것은 접골원 셔터였다.

타케루는 닭꼬치집 미닫이문을 열고 안을 들여다보았다. 카운터 안쪽에는 70대로 보이는 사장 부부가 있었고, 먼저 온 손님 네 명이 문을 등지고 앉아 있었다. 손님 한 명은 장년으로 보였지만, 다른 셋은 노인이었고 그중 한 사람은 여자였다.

"저기, 실례합니다."

타케루가 가게 안에 들어서자, 세 노인이 문 쪽을 돌아보았다. 그 얼굴들이 어쩐지 낯익었다. 머리가 벗겨진 노인과 턱수염을 기른 노인, 짧은 머리카락을 연보라색으로 염색한 노부인….

"요네야라는 선술집을 아십니까? 분명히 이 골목에 있었던 것 같은데 보이질 않아서요."

세 노인과 사장 부부가 시선을 주고받으며 목소리를 죽여 무어라 소곤거렸다. 맨 끝자리에 앉은 장년 손님이 의아한 표정으로 타케루를 돌아보았다.

"혹시 타니오카 이츠키 선생님 아니세요?"

면식은 없지만 TV와 잡지에서 자주 본 얼굴이었다.

"네, 맞습니다만…."

"처음 뵙겠습니다. 저는 덴포도에서 일하는 카타히라 타케루라고 합니다. 예전에 저희 회사의 나카가와가 에도 역사 심포지엄에서 선생님께 신세를 졌는데…."

"아아, 그때요."

이츠키는 타케루 밑에서 일하는 부하의 얼굴이 떠오른 듯 작게 고개를 끄덕였다.

"카타히라 타케루 씨…, 방금 요네야라고 하셨죠?"

"네. 지난달에 거기 사장님께 큰 신세를 져서 감사 인사를 드리러 왔습니다."

친한 사이에도 거리 두기

이츠키는 진지한 표정으로 말했다.

"요네야의 사장님은 돌아가셨습니다. 30년도 더 전에요."

"네?!"

타케루는 자기도 모르게 음정이 나간 목관악기 같은 소리를 냈다.

"무, 무슨 말씀이십니까! 저는 그 가게에 두 번이나 갔습니다. 술도 마시고 안주도 먹고 게다가 사장님한테 인생상담도 받았습니다. 그게 현실이 아니라는 말씀입니까?"

이츠키는 슬픈 얼굴로 한숨을 쉬고 옆자리에 앉은 턱수염 난 노인에게 말했다.

"아버지, 아주머니는 왜 제 앞에는 나타나지 않으시는 걸까요? 저도 다시 감사 인사를 드리고 싶은데."

영문을 몰라 그 자리에 우두커니 선 타케루를 이츠키가 온화한 눈빛으로 바라보았다.

"지금의 제가 있는 건 요네야의 아주머니 덕분입니다. 대학교 연구실에서 지도 교수의 눈 밖에 나서 고민할 때, 아주머니가 독립해서 책을 쓰라고 하셨거든요. 그렇게 스스로 길을 개척해서 성공한 학자가 있다고, 그러니까 너도 괜찮을 거라고요. 저는 아주머니의 말씀에 힘을 얻어서 연구실을 뛰쳐나왔습니다. 그리고 운 좋게도 오늘날까지 집필활동을 이어오고 있죠."

타케루는 무언가 말하려고 했지만, 충격이 너무 커서 말이 나오지 않았다.

"혹시 어떤 식으로든 당신에게 도움이 됐다면, 분명 아주머니는 기뻐하실 겁니다. 다정하고 마음이 넓은 분이었으니까요."

이츠키의 말이 귀 안쪽에서 울렸다.

어쩌면 그날 밤 자신이 한 이야기가 조금은 아키호에게 도움이 되었을지도 모르겠다는 생각이 어렴풋이 들었다.

"사장님, 감사합니다. 도움이 돼서 다행이에요."

타케루는 속으로 살며시 속삭이고는 조용히 두 손을 합장했다.

《선술집 요네야》 간단 레시피

된장치즈 유부

〈재료〉 2인분

유부 2장

미소된장 2작은술

슈레드치즈 3큰술

대파(잘게 썬 것) 2큰술

〈만드는 법〉

1. 유부를 반으로 자르고 단면에 식칼을 넣고 벌려서 주머니 형태로 만든다.

2. 유부 안쪽에 된장을 바르고 슈레드치즈를 채운 후 마지막으로 파를 채운다.

3. 그대로 냉동 지퍼백에 넣어서 냉동 보관 한다.

4. 필요할 때는 냉동고에서 꺼내서 해동한 다음 그릴에 노릇하게 굽는다.

★ 유부는 기름기를 빼지 않고 그대로 써도 괜찮아요. 간소한 반찬이 필요할 때나 도시락에 요긴하게 쓰여요. 해동할 때는 냉장고로 하든 전자레인지로 하든 자연해동 하든 상관없어요.

육수 젤리

〈재료〉 2인분

가다랑어포와 다시마로 낸 육수 400ml

가루 젤라틴 5g

물 2큰술   소금 한꼬집

연간장 2/3작은술   쌀과자(부부아라레) 적당량

미림 2/3작은술   민트 잎 적당량

〈만드는 법〉

1. 가루 젤라틴에 물을 넣고 섞은 후 10분 동안 둔다.

2. 육수를 끓이며 연간장, 미림, 소금을 넣고 불을 끈 후 녹은
   젤라틴을 부어 잘 섞는다.

3. 육수의 잔열이 가시면 그릇에 옮겨 담고 냉장고에 넣어 식힌다.

4. 부부아라레와 민트 잎으로 장식한다.

★ 영귤즙이나 레몬즙을 뿌려도 맛있어요.

★ 직접 육수를 만들기 귀찮으면 시판되는 무염 다시마 육수와
   가다랑어포 육수를 섞어서 만들어도 돼요.

중국식 당면 국

〈재료〉 1인분

청경채 1/2개 닭 육수 500ml
대파 1/4개 참기름 1큰술
새우 6마리 소금, 후추 적당량
팽이버섯 1/2봉지 술 1큰술
건조 당면(반으로 자른 것) 40g 간장 1큰술

〈만드는 법〉

1. 청경채는 폭 2센티로 자르고 대파는 어슷썰고 팽이버섯은 반
   으로 자른다.
2. 새우는 '새우 브로콜리 마늘 볶음'에서 한 것처럼 손질해서
   술과 간장에 버무린다.
3. 냉동 지퍼백에 새우, 채소와 팽이버섯, 당면 순으로 넣고 냉
   동고에 보관한다.
4. 냄비에 3을 냉동된 채로 담고 닭 육수와 참기름, 소금, 후추
   를 넣고 끓인다.

★ 국에 들어가는 재료를 한 팩에 냉동해두면 끝이라서 매우 편
   리해요.

실 다시마 죽

〈재료〉 2인분

쌀 1/2홉

물 800ml

소금 1/2작은술

A〔미림, 연간장 각 2작은술〕

다진 파, 다진 생강 적당량

실 다시마 육수〔실 다시마 30g에 온수 1000ml를 부으면 끝〕

〈만드는 법〉

1. 쌀을 씻어서 냄비에 물과 함께 넣고 불에 올린 후 끓으면 약
   불로 줄이고 쌀이 부드러워질 때까지 끓이다가 소금을 넣고
   불을 끈다.

2. 냄비에 실 다시마 육수 200ml를 붓고 A를 넣은 후 불에 올
   려서 데운다.

3. 그릇에 죽을 담고 2를 뿌린 후 파와 생강을 올린다.

★ 취향에 맞게 간장이나 매실장아찌를 넣어 간을 해주세요.

제4화

편식쟁이의
맛집 탐방

 아키호는 멀리서 자신의 이름을 들은 것 같아서 천천히
눈을 떴다.

 '…어머, 나 좀 봐.'

 거실에서 오후 TV 쇼를 보고 있었는데 정신을 차려 보
니 밥상에 엎드려 있는 것이 아닌가. 자기도 모르는 새에
잠들었나 보다.

 가만 보니 TV는 꺼졌고 시곗바늘은 네 시 반을 지나는
참이었다. 서둘러 밑 작업을 시작해야 한다.

 하지만 아키호는 "하아암" 하고 하품하면서 크게 기지
개를 켰다.

 우선은 불단 앞에 앉아서 마사요시의 영정에 향을 피워
올리고 두 손을 합장했다. 오늘도 무사히 가게를 열 수 있음에 감사하면서. 그리고 오늘 하루도 무사히 지나가기를 바라는 소망을 담아서.

"맥주."

미즈노에 토키히코는 물수건으로 손을 닦으며 주문했다. 첫 주문은 항상 맥주다. 안주는 늘 사장이 추천하는 대로 먹는다.

"오늘은 매실 참기름 양념 연어 술찜이라는 요리가 있어. 나중에 드릴까?"

"맛있어?"

"그럴걸. 연어랑 사케랑 버터가 들어가니까 맛없지는 않을 거야."

"그럼 줘."

토키히코는 그날의 첫 손님이었다. 낚시 도구점의 주인으로, 마사요시의 낚시 도구는 대부분 미즈노에 낚시 도구점에서 산 것들이었다. 토키히코의 아들 타이조와 마사요시는 친한 친구이자 낚시 동료였다.

아버지가 토키히코, 아들이 타이조라니 이름이 뒤바뀐 것 같다. 토키히코의 어머니가 왕년의 미남 배우 오카다 토키히코의 엄청난 팬이라서 아들에게 똑같은 이름을 붙였다고 한다.

"철없는 모친 때문에 이름에 눌려 사느라 엄청 고생했어. 그래서 나는 아들이 괜히 고생하지 않도록 제대로 된 이름을 붙여줬지."

술에 취하면 어김없이 그 말이 나오지만, 마사요시와 아키호는 항상 처음 듣는 표정으로 들었다.

사실 타이조는 타이조대로 고충이 있었는지 "사극에 나올 것 같은 이름이라서 어릴 때는 엄청 창피했어"라고 불평했다.

"삼촌, 최근에 찾은 희귀한 물건은 좀 있어?"

"아니, 전혀. 군침 도는 물건은 너무 비싸서 건드릴 엄두도 못 내."

토키히코는 사실 낚시에 그다지 관심이 없다. 하지만 일본 전통 방식으로 만든 대나무 낚싯대를 좋아해서 수집한다. 다른 골동품과 마찬가지로 대나무 낚싯대도 별도의 시장이 있다. 아키호도 옻칠해서 만든 가느다란 대나무 낚싯대를 몇 번 본 적이 있는데, 섬세한 세공이 들어가서 매우 아름다웠고 낚싯대라기보다 미술 공예품에 가까웠다.

토키히코에게 낚싯대 이야기를 듣다 보니, 3년 된 서당 개처럼 '호사키', '호모치', '테모토', '헤비쿠치', '쿠치센', '스게쿠치' 같은 대나무 낚싯대 용어까지 외워 버렸다.

기본 안주인 재첩 간장 절임 다음에는 항상 전골을 내

놓는다. 그다음에는 바지락술찜 아니면 당면이 들어간 국을 내놓을 때가 많지만, 오늘은 해동한 김에 문어 카르파초를 꺼냈다.

삶은 문어는 해동해도 식감이 변하지 않아서 싸게 팔 때 대량으로 사놓는다. 얇게 썰어서 1인분씩 냉동 지퍼 백에 가지런히 넣고 올리브유를 뿌려서 냉동해 둔다. 필요할 때 해동해서 소금과 후추, 레몬즙으로 간하고 파슬리 가루를 뿌리면 '얼렁뚱땅 이탈리안 요리'가 완성된다.

토키히코는 문어 한 조각을 젓가락으로 집어서 입에 던져 넣었다. 천천히 씹으며 맛을 음미한다.

"흐음. 회랑은 다르지만 이것도 괜찮네."

"그렇죠? 레스토랑이었으면 차가운 화이트 와인을 내놨을 텐데, 우리 가게에서는 차가운 사케를 내야 되나?"

토키히코는 씩 웃었다.

"알았어. 차가운 사케 한 병."

"항상 감사합니다."

그때 기모노 관리점을 운영하는 쿠츠카케 오토지로와 미용실 리즈의 사장 이즈츠 마키가 들어왔다.

"어서 오세요. 이모, 오늘은 일찍 왔네."

"단골 예약이 취소됐거든. 나는 이제 영업 끝이야."

마키가 왼손을 휘휘 흔들자, 반지에 달린 다이아가 전등

빛을 반사해 반짝거렸다.

"홋피."

"미지근한 사케."

마키는 토키히코 앞에 놓인 카르파초에 시선을 고정했다.

"오늘은 특이한 게 있네."

"문어 카르파초야. 이탈리아식 회인데, 드릴까?"

"줘."

"나도."

술이 나오자, 마키와 오토지로는 사케와 홋피로 가볍게 건배했다. 마키가 술잔을 비우고 잠시 숨을 돌린 뒤에 말했다.

"아키호, 마사키가 감자를 보냈어. 내일 조금 나눠주러 올게."

마사키는 마키의 손녀로, 결혼해서 홋카이도에 산다. 재작년에 쌍둥이를 낳았다.

"어머, 너무 좋죠. 감사해요."

아키호는 기본 안주인 재첩 간장 절임과 전골 그릇을 카운터에 놓고 물었다.

"마사키는 바쁘죠? 잘 지낸대요?"

"그렇지, 뭐. 1년을 통으로 출산 휴가를 얻은 데다 시어머니가 엄청 잘해주신다니까 걱정 안 해."

마사키는 의사이고, 마사키의 남편은 의대 동창이었다. 남편은 삿포로에 있는 큰 사립 병원의 후계자라서 졸업한 이후 부부가 함께 남편 집안이 운영하는 병원에서 일했다. 시어머니는 마사키가 마음 놓고 의사 일에 전념할 수 있도록 결혼하고부터 집안일을 도맡아 했다.

그 이야기를 들었을 때 아키호는 자기도 모르게 "행복하겠다" 하며 한숨을 쉬었다. 마키와 코마키는 동시에 고개를 끄덕이며 "그야말로 개천에서 용 났지"라고 감격스러운 목소리를 흘렸다.

어머니인 마키와 마찬가지로 코마키도 남편과 이혼한 뒤 미용실 리즈에서 일하며 마사키를 혼자 키웠다. 마사키의 강인한 성격은 할머니와 어머니에게 물려받은 것이 확실한데, 명석하고 유능한 두뇌는 누구에게 물려받았는지 아직도 수수께끼다.

"전 남편은 고졸에, 얼굴 멀쩡한 게 유일한 장점인 한심한 난봉꾼이었는데"라는 것이 코마키의 증언이었다.

"아무튼 건강하게 자라서 그게 제일 다행이야."

아키호는 어린 시절의 마사키를 떠올리며 진심으로 말했다.

마사키는 남달리 똑똑했지만, 반면 편식이 심해서 입도 짧고 몸이 약했다. 고기, 생선, 채소를 전부 싫어했고 그나마 먹는 음식은 밥과 우동, 식빵, 아니면 달걀과 버터, 우유 같은 것들이라서 마키와 코마키는 어떻게 하면 코마키에게 영양을 골고루 제공할 수 있을지 매일 고민했다.

그래도 자라면서 서서히 먹을 수 있는 식재료가 늘어났다. 마사키가 처음으로 회를 먹은 날, 마키가 기뻐하면서 요네야에 알리러 왔을 정도다.

마사키는 홋카이도대학교 의학부에 합격하자 그 근처에서 자취 생활을 했다. 무사히 졸업해서 결혼하고 출산까지 했으니 편식도 꽤 개선되었을 것이다. 그렇지 않았다면 시어머니가 만들어 주는 음식을 먹지 못했을 것이다.

"음식 나왔습니다. 카르파초예요."

그런 생각을 하는 사이에 문어가 해동되었다.

"…서양식 문어 초무침이네, 이거."

오토지로가 카르파초를 씹으면서 말했다.

"사케랑 상성이 나쁘지 않아."

마키는 술잔을 비웠다.

"아키호, 미지근한 사케 좀 줘."

토키히코가 두 번째 사케를 주문했다. 이제 보니 카르파초는 한 점밖에 남지 않았다.

"삼촌, 슬슬 연어 술찜 만들게."

"그래. 그렇게 해줘."

마키와 오토지로가 동시에 아키호를 보았다.

"웬 연어?"

"신메뉴야. 연어 술찜에 매실과 참기름으로 만든 양념을 얹어."

"흐음, 말 나온 김에 나도 그거 하나."

"나도 줘."

"네, 감사합니다."

아키호는 냉장고에서 싱싱한 생선 블록을 꺼냈다. 소금을 치고 10분 정도 됐다가 비린내의 원인인 수분이 나오면 꼼꼼히 닦아낸다. 그 뒤에는 간단하다. 얇게 썬 당근과 파를 접시에 깔고 연어를 올리고 술을 뿌린 다음 버터를 한 조각 얹고 랩으로 싸서 전자레인지에 7분 정도 돌리면 끝이다. 랩을 싼 채로 3분 정도 두면 잔열로 연어가 익는다. 채소를 썰기 귀찮으면 숙주를 쓰면 된다.

매실 참기름 양념은 말 그대로 으깬 매실장아찌와 참기름에 간장, 미림, 물을 섞고 백후추를 넣으면 끝이다. 양념은 그날그날 기분에 따라 일식, 양식, 중식, 원하는 대로 바꿀 수 있다. 귀찮으면 간장만 뿌려도 맛있다.

먼저 토키히코의 접시를 전자레인지에 넣었다. 전자레인지 요리도 혼자 운영하는 선술집에는 든든한 지원군이다.

"호화로워 보인다. 연회 음식 같아."

토키히코가 연어 술찜 접시를 앞에 두고 감탄하듯 말했다.

"책에도 나와 있었어. 전자레인지로 조리하는 음식 중에 제일 호화로워 보이는 건 생선찜이래."

"이런 음식을 버튼 하나로 만들 수 있다니, 귀신이 곡할 노릇이야."

토키히코는 매실 참기름 양념을 얹은 연어 살을 나무젓가락으로 잘라서 입에 넣었다.

"…매실이 들어서 그런지 일본스러운 맛이네. 버터 때문에 맛이 묵직할 줄 알았는데, 의외로 산뜻해."

"더운 여름에도 괜찮겠네. 연어는 1년 내내 있으니까."

아키호는 마키의 접시를 전자레인지에 넣으며 물었다.

"마사키가 연어는 먹지?"

"등푸른생선 말고는 대체로 먹어. 도미나 넙치처럼 고급스러운 흰살생선이 제일 무난하게 먹을 만한가 본데, 방어나 참치도 익힌 건 어찌어찌 먹어."

"본가로 돌아오면 술찜을 해줘 봐. 전자레인지에 돌리면 끝이라 만들기도 쉬워."

"그럴까…."

마키는 잔에 술병을 기울였지만, 아무것도 나오지 않았다. 거꾸로 뒤집어 흔들면서 "미지근한 사케 한 병 추가"라고 말했다.

오토지로의 자리를 보니 잔이 이미 비어 있었다.

"삼촌, 홋피 더 드릴까?"

오토지로는 홋피 병을 바라보며 살짝 고민했다.

"글쎄…. 나도 미지근한 사케로 할게."

"네. 감사합니다."

아키호는 술병 두 개를 주전자에 담긴 뜨거운 물에 넣었다.

"삼촌, 최근에 재미있는 의뢰 들어온 거 없었어?"

"재미있다기보다는 아까운 게 있었지."

오토지로는 입에 넣은 문어 카르파초를 씹으며 음미했다.

"젊었을 때 맞춘 하오리*가 나이 들어 입기에는 너무 화려해서 다시 염색하고 싶다는 의뢰였는데, 딱 에도 사람이 좋아할 만한 고리 문양이 들어가 있었고, 주홍색 색조도 선명해서 예뻤어. 손녀가 있었으면 아동용 기모노로 고치면 좋았겠다 싶었지만, 괜한 얘기는 안 했어."

"그러고 보니 요즘 하오리 입는 사람을 보기가 힘드네."

마키가 마지막 재첩을 껍데기에서 떼어내며 말했다.

"애초에 기모노 입는 사람이 적어졌잖아."

아키호는 주전자에서 술병을 꺼내 물기를 닦고 마키와

---

* 기모노 위에 입는 짧은 겉옷

오토지로 앞에 놓았다.

"근데 듣고 보니 정말 하오리를 입는 사람이 없네. 기모노용 코트나 미치유키*는 가끔 보이는데."

"염색까지 다시 하는 걸 보니, 그 손님, 하오리를 소중히 여기나 보네. 감동이야."

마키는 그렇게 말하며 자작으로 술을 따랐다.

"삼촌, 그럴 때는 약품으로 화려한 색만 빼?"

"아니. 그러면 무늬도 같이 없어질 위험이 있어. 그래서 위에 색을 덧입히는데, 너무 짙은 색을 쓰면 무늬가 묻혀 버리니까 그럴 때는 녹색이나 보라색 중에서 골라."

녹색 염료를 쓰면 주홍색은 갈색처럼, 노란색은 황록색처럼 변하고, 보라색 염료를 쓰면 주홍색은 벽돌색처럼, 노란색은 갈색처럼 변한다.

"염색했을 때 어떤 색일지 대충 짐작은 되지만, 완성되기 전에는 명확하게 어떤 색일 거라고 단언하기 힘들어. 그래서 어떤 색처럼 변한다는 표현이 최선이야. 손님이 그런 걸 이해해주지 않으면 의뢰를 거절해. 나중에 문제가 생기거든."

그 손님은 보라색을 골랐고, 염색한 결과물을 몹시 마음에 들어했다고 한다.

---

* 네모나게 파인 목둘레에 작은 옷깃이 달린 일본 전통식 코트

"삼촌 이야기를 듣다 보니까 나도 결혼할 때 맞춘 기모노를 다시 염색해보고 싶네."

"이야, 좋지. 해봐. 기모노 입는 법을 모르면 우리 가게에서 가르쳐 줄게."

"누구 결혼하는 사람 없나? 그러면 큰맘 먹고 입고 갈 텐데."

"그런 소식을 기다리지 말고 아무 결혼식장에나 가서 친척인 척 해."

"어머, 그러다 축의금 도둑으로 몰리면 어떡하라고?"

아키호는 짐짓 부루퉁한 표정으로 토키히코를 흘겨보았다.

"으음, 카레와 치즈가 한데 뭉쳐서 입안에서 사르르 녹는 게 꼭 타지마할에 온 기분이에요."

카코가와 미마는 숟가락을 한 손에 든 채 황홀한 표정으로 간드러지게 어깨를 흔들었다.

"네, OK!"

감독의 목소리에 미마는 숟가락을 도로 접시에 올려놓았다. 오븐 치즈 카레는 카레와 치즈가 둘 다 자기주장이 강해서 맵고 짜다는 느낌밖에 없었다. 애초에 미마는 카레와 치즈 둘 다 싫어한다. 그 두 가지를 동시에 먹다니 이

편식쟁이의 맛집 탐방

무슨 재앙이란 말인가.

하지만 인기 있는 맛집 리포터답게 전혀 그런 내색을 하지 않았다. 생각나는 모든 미사여구를 총동원해서 전심전력으로 음식을 극찬했다. 그런 노력이 빛을 발해 오늘의 지위를 얻었다.

방금 그 컷 사인으로 촬영은 끝났다.

"수고하셨습니다."

스태프에게 인사하는데, 감독이 다가왔다.

"우선 받아. 다음 달 자료야."

A4 사이즈의 서류 봉투를 받았다. 안을 들여다보니 대형 가전 업체의 인덕션 레인지 팸플릿이었다.

이 가전 업체가 주요 스폰서인 요리 대결 프로그램이 다음 달부터 시작된다. 이 회사에서 만든 인덕션으로 조리하는 장면을 노출하는 것이 판매 전략이었다. 미마는 그 프로그램의 심사위원 중 한 명으로 선정되었다.

"맛 묘사야 어련히 알아서 잘하겠지만, 인덕션 홍보도 잊지 말고 살짝 끼워 넣어 줘. 딱 적당히 익었다는 식으로."

"이걸 인덕션으로 만들었다니 안 믿겨요! 홍콩에서 파는 석탄 화덕 볶음밥 같아요! …이렇게 하면 되죠?"

미마가 곧바로 아이디어를 내자, 감독은 좋아하며 고개를 끄덕였다.

"그래, 그거야, 그거! 그런 느낌으로 잘 좀 부탁해."

"네. 열심히 하겠습니다!"

미마는 고개를 꾸벅 숙이고 잰걸음으로 현장을 빠져나 갔다. "나중에 밥이나 먹자"라는 말이 나오면 곤란하기 때 문이다.

역으로 향하는 도중에 자판기에서 물 한 병을 사서 500 밀리리터를 단숨에 들이켰다. 빈 페트병은 착실하게 근처 쓰레기통에 버렸다. 길거리에 무단 투기하는 모습이 찍혀 서 SNS에 퍼지기라도 하면 방송인 생명이 위태로워진다.

역 개찰구에 스마트폰을 찍고 들어가서 화장실로 뛰었다. 목구멍에 손가락을 집어넣어 위 속에 든 것을 게워 냈다.

촬영을 끝내고 나서 구토하는 것은 이미 미마의 습관이 었다. 싫어하는 음식이 소화되어 몸 밖으로 배출되기까지 기다릴 수 없었다. 약 20분 만에 위가 거의 비었다.

미마는 변기 칸에서 나가 세면대에서 손을 씻고 가방에 늘 가지고 다니는 치약과 칫솔로 이를 닦았다.

'그래 봤자 신코이와에 있는 카레 집인데 얼마나 대단한 맛집이겠냐고. 한심하긴!'

속으로 악담을 퍼붓고는 다시 개찰구를 지나 역을 빠져 나갔다.

집에 가서 음식을 만들기는 귀찮았다. 어딘가 적당한 가

편식쟁이의 맛집 탐방

게에서 무난한 음식으로 배를 채우기로 했다.

긴 아케이드 상점가 중간에서 오른쪽으로 꺾고 골목 첫 모퉁이에서 왼쪽으로 꺾었다.

예스러운 술집과 닭꼬치집 사이에서 붉은 초롱이 조심스레 빛났다. 〈요네야〉라는 촌스러운 간판이 걸려 있었다. 겉보기에는 허름한 선술집이었다.

이 가게라면 특이한 메뉴는 없으리라. 맥주나 홋피에 냉두부와 오이 정도만 시켜도 충분하다.

미마는 불투명한 유리가 달린 미닫이문을 열었다.

"어서 오세요."

예상대로 카운터석 일곱 개뿐인 허름한 가게였다. 무슨 주술 같은 것인지 가게 벽에 어탁이 빽빽하게 붙어 있었다.

먼저 온 손님이 세 명 있었다. 다들 노인이었다.

"빈자리에 편하게 앉으세요."

카운터 안쪽에서 50대쯤으로 보이는 여사장이 말을 걸었다. 파마하지 않은 쇼트커트에 민낯이었고, 하얀 긴소매 앞치마를 입었다. 치장한 느낌은 없었지만 깔끔하고 사람 좋은 얼굴이었다.

"으음, 홋피 주세요!"

여사장은 우선 물수건과 기본 안주를 내왔다. 미마는 재첩 간장 절임을 보고 얼굴을 찌푸렸다.

"죄송해요. 저 조개 못 먹어요."

미마가 그릇을 도로 카운터에 올리자, 아키호는 웃는 얼굴로 물었다.

"손님, 달걀은 드세요?"

"네. 날것만 아니면 괜찮아요."

아키호는 홋피 병과 소주가 든 잔을 미마 앞에 두고 계란장을 그릇에 담아서 내놓았다.

"우리 가게 계란장에는 카레 가루가 살짝 들어 있어요."

미마는 또다시 얼굴을 찌푸렸다.

"죄송하지만 카레도 못 먹어요."

"어머, 아쉽네요. 그럼 육수 젤리 드실래요?"

"육수 젤리요?"

"그냥 맑은 국물을 젤라틴으로 굳힌 거예요. 다시마하고 가다랑어로 육수를 내고 간장이랑 미림으로 간한 게 다라서 특별한 건 안 들어갔어요."

미마는 안심한 얼굴로 고개를 끄덕였다.

"그거 먹을게요."

"마무리로 자그마한 쌀과자랑 민트 잎을 올리는데, 괜찮아요?"

"민트는 빼주세요."

"네. 잠시만 기다려주세요."

아키호가 육수 젤리 그릇을 미마 앞에 두자, 마키가 의미심장하게 눈짓을 보냈다. 그 눈이 "우리 마사키랑 똑같네"라고 말했다.

"아, 맛있다. 정말 산뜻하고 식감이 좋아요."

미마는 입에 넣은 젤리를 부드럽게 목구멍으로 넘겼다.

"저는 냄새가 강한 음식을 안 좋아해요. 카레, 마늘, 허브⋯. 양하나 차조기, 고수 같은 거요."

"제 지인 중에도 그런 사람이 있어요."

아키호는 온화하게 맞장구쳤다.

"급식 먹을 때 힘들었겠어요."

"그렇지는 않았어요. 싫어하는 건 안 먹어도 됐으니까. 예전에는 애들한테 음식을 남기면 안 된다고 가르쳤나 본데, 요즘 부모들은 권리의식이 대단해서 억지로 급식을 먹이면 큰일 나요. 바로 교육위원회에 불려갈걸요."

미마는 젤리를 날름 먹어 치웠다. 거의 비어 있던 배 속이 젤리로 자극을 받자, 식욕이 샘솟았다.

"으음, 냉두부 있어요?"

"네. 고명으로 올라가는 파랑 생강은 괜찮아요?"

"네, 그 둘은 어찌어찌 먹어요."

아키호는 갑자기 요네야에 나타난, 이곳과는 어울리지 않는 분위기를 풍기는 여자 손님이 조금 딱했다. 가리는 음식이 많으면 사회에 나가서 고생한다. 남들과 똑같은 음식을 먹지 못하면, 누군가와 함께 하는 식사는 고통이 된다. '한솥밥을 먹는다'는 표현이 있을 정도로, 같은 음식을 함께 먹는 경험은 인간관계 형성에서 큰 비중을 차지한다. 그런 것 없이 인간관계를 만들어 가기는 매우 어렵다.

"홋피 추가해 주세요."

잔은 비었고, 냉두부는 반 이상 먹어 버렸다. 하지만 빈 속은 아직 차지 않았다.

"손님, 전골은 못 드세요?"

아키호가 나카를 담은 쇼트 글라스를 내놓으며 묻자, 미마는 자조하듯 고개를 끄덕였다.

"내장이랑 양고기를 싫어해요. 미쉐린 3스타를 받은 가게에서 푸아그라가 나왔을 때는 울 뻔했어요."

아키호는 머릿속으로 '미쉐린이 언제부터 프랑스 말고 다른 나라에서도 등급을 매기기 시작했지?'라고 의아하게 생각하면서도, 안쓰러운 표정으로 고개를 끄덕여 보였다.

"달걀은 괜찮다고 했죠? 그럼 달걀찜이라도 만들까요?"

"좋네요."

미마는 대답하고서 문득 어떤 생각이 떠올랐다.

"사장님, 우동을 넣어서 우동 달걀찜 해주실래요?"

처음 들어온 선술집에서 어쩌다 불쑥 특별 요청을 하게

됐는지 자신도 잘 모르겠다. 왠지 모르게 이 가게는 그리움과도 닮은, 묘한 친근감이 느껴졌다.

"네, 알겠습니다."

아키호는 웃는 얼굴로 대답하고 덧붙였다.

"손님, 혹시 괜찮으시면 대만식 달걀찜 드셔보실래요?"

"아, 당면이랑 다진 고기가 들어간 거죠? 만드실 수 있어요?"

"우리 가게에서는 새우랑 청경채랑 팽이버섯도 넣는데, 괜찮으세요?"

"괜찮아요, 괜찮아요."

미마는 말하길 잘했다 싶어서 기분이 좋아졌다. 전에 촬영으로 대만에 갔다가 대만의 대표격 반찬인 달걀찜을 먹은 적이 있다. 무척 맛있었지만, 일본에서는 아직 먹어 보지 못했다.

"20분 정도 걸리는데, 괜찮으세요?"

미마는 힘차게 고개를 끄덕였다.

아키호는 냉동고에서 당면 국 재료와 볶은 다짐육이 든 냉동 지퍼 백을 꺼냈다.

볶은 다짐육은 다진 돼지고기, 갈아 둔 생강, 잘게 썬 대파, 술, 미림, 소금을 냄비에 넣고 볶은 것이다. 이미 볶은 상태라 해동해서 그대로 반찬으로 먹어도 되고 간편하게 다른 요리와 조합할 수도 있어서 유용하다. 조금만 꺼내고 나머지는 냉동고에 도로 넣었다.

평상시에는 냉동인 상태로 조리하지만, 오늘은 전자레인지로 해동했다.

그사이에 달걀 두 개를 볼에 깨뜨려 넣고 거품이 나지 않도록 잘 풀었다. 채반에 거르면 더 부드러워진다. 닭 육수 분말을 온수에 녹이고 물로 희석한 뒤 달걀과 섞어서 달걀물을 만들었다.

큼직한 그릇에 해동한 당면 국 재료와 볶은 다짐육을 넣고 그 위에 달걀물을 부은 다음 달걀찜 용기에 넣었다. 약 15분이면 완성된다.

마지막에 간장 양념을 얹고 파를 송송 썰어 올린 다음, 가열한 파 기름을 뿌리고 고수로 장식하면 전형적인 대만식 요리가 완성되지만, 오늘은 고수를 빼고 샐러드유로 파 기름을 대신할 생각이다.

탱글탱글하고 부드러운 달걀의 풍미가 간장과 기름의 묵직함과 어우러져서 일본식 달걀찜과는 다른 신선한 맛을 자아낸다. 그야말로 밥도둑이다.

"편법을 써서 냉동해 놨어요. 원래는 국물 요리에 쓰는 재료인데 달걀을 넣었으니까 대만식 달걀찜이 될 거예요."

"이모님, 대단하시네요. 어쩜 그렇게 바로 생각해 내세요? 역시 요리는 아이디어군요."

미마는 감탄하며 눈을 동그랗게 떴다. 자신의 요청에 맞춰 즉석에서 특별 요리를 만들어 준 것이 믿기지 않았다.

"아키호, 계산 좀 해줘."

토키히코가 말하자, 오토지로와 마키도 따라서 손을 들었다.

"여기도."

"잘 먹었어."

"감사합니다."

아키호는 손님들에게 계산서를 건넸다. 모두 동네 사람들이라 조심히 들어가라고 인사할 것도 없었다.

세 사람이 가게를 떠나자, 남은 손님은 미마 혼자였다. 미마는 달걀찜이 완성되기를 기다리다가 지루해서 감독에게 받은 팸플릿을 꺼내 살펴보았다.

"그게 뭐예요?"

아키호는 카운터 밖으로 몸을 뺐다.

"인덕션 레인지요."

"네?"

들어본 적도 없는 이름이었다.

"뭐라고 해야 되지? 불을 쓰지 않고 조리하는 기계예요."

미마가 팸플릿 일부를 뽑아서 내밀었다. 아키호는 팸플

릿을 받고 뚫어져라 쳐다보았다.

"아아, 그러고 보니 TV에 이런 광고가 나왔지…."

최근에 본 광고가 뒤늦게 떠올랐다. 거기서는 전자 조리기라고 불렸던 것 같은데….

"그런데 이거 성능이 안 좋지 않아요? 냄비나 프라이팬도 전용 제품으로 바꿔야 한다고 들었어요."

"언제 적 얘기를 하시는 거예요?"

미마는 웃으며 어깨를 으쓱했다.

"요즘 인덕션은 엄청 좋아요. 탁상형도 1400와트는 나와요. 일반 가정에서는 그 정도면 충분하거든요. 볶음밥도 고슬고슬하게 잘 만들어져요. 빌트인은 성능이 더 좋을걸요."

아키호는 놀라서 팸플릿을 다시 들여다보았다. 알루미늄 냄비는 못 쓴다는 이야기를 들었는데, 잘못된 정보였을까?

"긴자에 있는 미쉐린 2스타짜리 고급 중식당도 인덕션 레인지로 조리해요. 설명을 듣고 정말 깜짝 놀랐어요. 채소볶음은 아삭아삭하지, 로스트 치킨은 껍질이 바삭하고 속이 촉촉하지, 엄청 맛있었어요. 인덕션으로 그만한 수준의 요리가 가능할 줄은 몰랐어요. 조리 기구도 하루가 다르게 발전하는 것 같아요."

미마는 가게 안을 둘러보았다.

편식쟁이의 맛집 탐방

"이모님도 가스레인지 바꿀 때가 되면 인덕션을 고려해 보세요. 불을 쓰지 않아서 화재 날 일이 없으니까 이렇게 오래된 가게는 특히 걱정을 덜지 않겠어요?"

아키호는 팸플릿을 집어삼킬 듯이 쳐다보았다. 의외로 생각만큼 비싸지 않았다.

"그거 드릴게요."

"그래도 돼요?"

"네. 제 건 따로 있어요."

"고마워요."

아키호는 전표를 보관하는 카운터 서랍에 팸플릿을 넣었다. 그때 마침 부엌 타이머가 울렸다.

"다 됐어요."

찜기에서 그릇을 꺼내고 데워 둔 간장 양념을 얹었다. 잘게 썬 파를 올리고 마지막으로 가열한 샐러드유를 뿌리자, 타닥타닥 튀는 기름 소리가 시원스레 울렸다.

"뜨거우니까 조심하세요."

큰 그릇에 담아서 숟가락과 함께 내놓자, 미마는 그릇에 얼굴을 가까이 대고 간장 향을 들이마셨다.

"으음, 음료는 뭐가 좋으려나."

"달걀찜이 뜨거우니까 차가운 게 좋을 거예요. 맥주나 츄하이나 하이볼 같은 거요."

"…그럼 레몬하이 주세요."

숟가락으로 달걀을 떠서 입에 넣자, 순식간에 사르르 녹아 사라졌다. 노란 달걀 아래로 투명한 당면, 빨간 새우, 분홍빛 고기, 초록색 청경채, 베이지색 팽이버섯이 얼굴을 내밀었다.

"맛있다…."

달걀찜을 한 입 먹고 레몬하이를 한 모금 마셔서 혀를 식혔다. 그리고 다시 뜨끈뜨끈한 달걀찜을 입에 넣었다. 이 왕복 운동을 영원히 이어가고 싶을 만큼 더없이 행복한 시간이었다.

"아, 맛있었다."

미마는 족히 3인분은 될 달걀찜을 천천히 다 먹었다. 양이 꽤 많아서 만족감이 들면서도 속이 편한 가벼운 요리라서 배가 부르지는 않았다. 모처럼이니 느낌이 좋은 이 가게에서 끝까지 먹기로 했다. 어차피 집에 돌아가도 편의점 주먹밥이나 냉동 우동밖에 없으니….

"이모님, 엄청 맛있었어요. 마무리로 뭔가 먹고 싶은데, 추천해주실 거 있나요?"

"으음…."

아키호는 이마에 손을 얹고 생각에 잠겼다. 실 다시마 죽은 좋아할 것 같지만, 지금 만들려면 시간이 오래 걸린다.

우동이나 메밀국수는 금방 만들 수 있지만, 향미가 있는 채소를 싫어하는 듯하니 적당한 고명을 찾기가 어렵다….

"염장 다시마는 드세요?"

"네. 엄청 좋아해요."

"그럼 염장 다시마 스파게티는 어떠세요?"

"파스타에 염장 다시마요? 어떻게 만드는 거예요?"

미마는 놀란 목소리로 말했다. 보통 따뜻한 밥이나 오차즈케와 먹는 염장 다시마로 파스타를 만든다는 이야기는 처음 들어 본다.

"스파게티를 단단하게 삶아서 올리브유를 뿌리고 염장 다시마랑 섞으면 끝이에요. 소금, 후추도 없어요. 먹어 보면 깜짝 놀랄 만큼 맛있어요."

먼저 간 남편 마사요시가 잘하던 요리였다. 회는 능숙하게 뜨면서 불을 쓰는 조리에는 손도 대지 않던 마사요시가 유일하게 만드는 음식이 이 염장 다시마 스파게티였다.

벌써 15년 전 이야기다. 이른 시간에 예약이 잡혀서 가게를 연 어느 날, 온종일 제대로 먹지 못한 두 사람은 가게를 닫은 뒤에 엄청난 허기에 시달렸다. 마키가 여행 기념품으로 교토에서 사다 준 맛있는 염장 다시마가 있어서 그것으로 밥을 먹으려고 했지만, 공교롭게도 전부 손님들에게 내놓아서 밥솥이 텅 비어 있었다.

"밥이 될 때까지는 못 기다려!"

마사요시는 갑자기 아이디어가 번뜩였는지 "나한테 맡겨" 하며 일어섰다. 그리고 언젠가 사다 놓은 스파게티를 삶아서 올리브유를 뿌리고 염장 다시마와 버무렸다.

"이거 이상하지 않을까?"

"아니, 분명히 맛있을 거야."

머뭇거리며 염장 다시마 스파게티를 입에 넣은 순간, 아키호는 깜짝 놀랐다.

맛있었다. 염장 다시마의 깊은 풍미가 올리브유와 어우러져 단단하게 삶은 스파게티와 조화를 이루었다. 그야말로 일본과 이탈리아가 함께 만들어 낸 걸작이었다.

"…그러니 속는 셈 치고 먹어주세요."

아키호는 스파게티를 삶으면서 염장 다시마 스파게티가 탄생한 비화를 늘어놓았다.

"그랬군요."

미마는 팔짱을 끼고 생각에 잠겼다.

"그러고 보니 염장 다시마 우동은 먹어 봤네. 평범한 우동에 염장 다시마가 들어간 거랑 간장 비빔 우동에 염장 다시마가 들어간 거. 둘 다 제법 맛있었으니까 우동이랑은 조합이 좋은 것 같은데. 그럼 파스타도 나쁘지 않으려나…."

미마가 혼잣말을 중얼거리는 사이에 염장 다시마 스파게티가 완성되었다.

"음식 나왔습니다."

아키호는 김이 피어오르는 접시를 미마 앞에 놓았다.

"포크도 있지만, 이건 젓가락으로 후루룩 먹어야 더 맛있어요."

미마는 새로운 나무젓가락을 쪼개더니 스파게티를 집어서 입에 넣고 메밀국수를 먹듯 빨아들였다.

"…맛있다!"

"그렇죠?"

아키호는 의기양양하게 가슴을 폈다. 마사요시가 생각해 낸 요리가 이 아름다운 아가씨의 위장을 사로잡은 것 같다. 분명 저세상에서 몹시 기뻐할 것이다.

"레몬하이 한 잔 더요."

미마는 빈 잔을 가리키며 다시 스파게티를 입에 넣었다.

"…후우."

미마는 젓가락을 놓고 한숨을 쉬었다. 아무런 기대 없이 들어온…, 아니, 사실은 얕잡아 본 가게에서 이렇게 맛있는 음식을 만나서 풍요로운 시간을 보내리라고는 생각하지 못했다.

"대단치도 않은 음식이었는데, 남김없이 먹어주셔서 감

사합니다."

아키호는 큼직한 찻잔에 호지차를 따라서 내놓았다.

미마는 찻잔을 두 손으로 감싸고 숨을 내쉬었다. 고소한 향기가 코끝을 간질이고 온기가 양손에서 전신으로 퍼지는 느낌이었다. 그때 갑자기 콧속이 찌릿하더니 가슴에 맺힌 무언가가 입 밖으로 튀어나왔다.

"저는 편식이 심해요."

이제 와서 고백하지 않아도 다 아는 사실이었지만, 아키호는 미마가 계속 말할 수 있게 조용히 고개를 끄덕였다.

"어릴 때부터 편식이 심했는데…, 싫어하는 건 많고 좋아하는 건 적었어요. 어릴 때는 먹을 수 있는 걸 찾느라 하루를 다 썼어요."

"그런 아이들이 있죠. 우리 단골손님의 손주도 고기랑 생선, 채소를 다 싫어해서 밥이랑 우동이랑 빵이랑 달걀만 먹는 시기가 있었어요."

아키호는 어린 시절의 마사키를 떠올렸다.

"그런데 자라면서 점점 먹을 수 있는 게 늘어났어요. 손님도 옛날보다는 먹을 수 있는 음식이 조금 늘어나지 않았어요?"

"네. 참으면 어찌어찌 먹을 수 있는 음식은 늘어났죠. 하지만 좋아하는 게 늘어나지는 않았어요."

편식쟁이의 맛집 탐방

미마의 말은 아키호의 마음을 묵직하고 무겁게 울렸다. 아키호는 타고나기를 가리는 음식이 없어서 맛있는 것은 뭐든 먹으며 살아왔다. 마사요시도 마찬가지였고 요네야에 모이는 손님들도 기본적으로 술고래에 먹보였다. 그래서 먹는 것이 고통인 인생이 있다는 생각은 해본 적도 없었다.

"그럼 계속 고생의 연속이겠네요."

아키호는 편식하는 마사키를 안타까이 여기면서도, 마사키의 입장에서 생각해본 적이 없었음을 깨달았다. 좋아하는 음식은 몇 없고, 참으면 못 먹을 정도는 아닌 싫어하는 음식에 둘러싸여 살아야 한다면, 삶이 얼마나 따분할까.

"저는 단순히 편식하던 그 아이가 점점 다양한 음식을 먹을 수 있게 돼서 다행이라고 좋아했어요. 그런데 그 아이로서는 좋아하는 음식이 아니라 참으면 먹을 수 있는 게 늘어났을 뿐이었겠네요."

"하지만 그래도 장점은 있어요. 살다 보면 중요한 사람과 식사해야 할 때가 꽤 있잖아요. 그럴 때 형식적으로라도 먹을 수 있으면 그 자리를 잘 모면할 수 있죠."

미마는 전에 있었던 중요한 식사의 순간을 떠올렸다. TV 프로그램 촬영으로 3스타짜리 프랑스 레스토랑에 갔다가 푸아그라를 맞닥뜨렸을 때, 딱 한 입 먹고 소감을 말해서 어찌어찌 상황을 넘겼다. 그때 만약 한 입도 먹지 못했다면 프로그램은 엉망이 됐을 테고, 미마는 그 뒤로 일을 받지 못했을 것이다.

"저는 맛집 리포터예요."

아키호가 동정 어린 시선을 보내자, 미마는 모든 것을 고백하고 싶은 충동에 휩싸였다.

"음식을 소개하는 직업이요?"

미마는 격하게 고개를 흔들었다.

"음식을 명분으로 자기 자신을 파는 직업이에요."

아키호는 툭 내뱉는 말투에 놀라서 미마를 쳐다보았다. 미마는 입술을 깨문 채 허공을 노려보았다.

"맛집 리포터에게는 철칙이 있어요. 절대 음식을 깎아내리면 안 돼요. 아무리 맛없어도 어떻게든 장점을 끄집어내서 과장되게 칭찬해야 해요. 그 칭찬이 얼마나 독특하고 신선하냐에 따라서 평가가 내려지고 리포터의 순위가 결정돼요."

미마는 과장되게 한숨을 쉬었다.

"요즘 맛집 프로그램이 한창 인기라서 리포터들이 힘들어요. 조금이라도 자기 색깔을 내서 감독님의 눈에 들어야 하거든요."

그냥 맛있다고만 해서는 재미가 없다.

"씹는 순간 육즙이 입안에 쫙 퍼지는데 전혀 부담스럽지 않아요. 비계가 느끼하지 않고 담백해요. 역시 대두로 키운 소라서 이런 장점이 있네요. 잡내도 전혀 없어요. 고기를 좋아하지 않는 사람도 이건 잘 먹을 것 같아요. 식감은 쫄 깃하고 부드러운데 씹을 때 고기 안에서 감칠맛이 올라와 서 씹으면 씹을수록 행복이 흘러넘쳐요."

이 정도 미사여구는 써 줘야 실격을 면한다.

"그중에 제일 성공한 사람은 캐릭터를 내세워서 자신만 의 스타일을 확립한 히코마로 씨랑 이시즈카 히데히코 씨 죠. 둘 다 필살기처럼 사용하는 유행어가 있고…."

아키호는 의아한 표정으로 고개를 갸웃했다.

"음, 그 사람들은 누구예요?"

"왜, '입안이 보석함이야!'라고 말하는 사람이랑, '있다맛 ~'이라고 말하는 사람 있잖아요."

미마는 히코마로와 이시즈카 히데히코를 흉내 냈지만, 아키호는 전혀 모르는 듯 어리벙벙한 표정이었다.

"맛없어도 맛있는 표정을 지어야 해서 힘들겠어요."

"그건 괜찮아요. 솔직히 말해서 저는 맛있지 않은 게 일 상이거든요. 그래서 맛집 리포트에 거부감은 없는데…."

"으음, 맛없다고 대놓고 말하는 사람은 없어요?"

"옛날에는 있었대요. 어떤 아나운서가 지방 프로그램에 서 한 입 먹고 자기도 모르게 '이건 심했다!'라고 소리쳤다는 얘기를 들었어요."

미마는 즐겁게 웃었다.

"그리고 배우 중에 '그렇구나!'라는 한마디로 대충 얼버무린 사람도 있었고, '좋아하는 사람은 진짜 좋아할 맛이네요'라고 명언을 던진 사람도 있었어요. 대단하죠. 맛없다는 말을 어쩜 그렇게 잘 돌려서 하는지…."

미마의 표정이 굳어졌다.

"우습게 들릴지도 모르지만, 저는 원래 저널리스트가 되고 싶었어요."

"으음, 보도 프로그램에서 취재하는 사람이요?"

"어린이 복지를 주제로 취재하고 싶었어요. 저는 아동 학대와 아동 빈곤을 없애고 아이들이 행복하게 살 수 있는 사회를 만드는 게 꿈이에요."

"멋지네요."

너무 멋져서 아키호는 도리어 당황스러웠다. 지금 하는 일과는 매우 거리가 멀었다.

"저도 알아요. 겨우 맛집 리포터 주제에 뜬구름 잡는 소리나 하고…. 하지만 이 일은 정말 우연히 하게 된 거예요. 예전에 친구 기자가 갑자기 아파서 제가 대타로 레스토랑을 취재했어요. 그런데 그 기사가 편집장의 눈에 들어서 자꾸 맛집 탐방 일이 들어오고, 언제부턴가 맛집 리포터로

TV에도 나오게 돼서….'

"'좁쌀 한 톨'이라는 전래 동화 같네요."

미마는 순간 당황해서 말을 잃었지만, 이내 풋 하며 웃음을 터뜨렸다.

"듣고 보니 정말 그렇네요."

아키호는 미마의 웃음이 진정되기를 기다렸다가 입을 열었다.

"있잖아요, 손님, 일이 그렇게 '좁쌀 한 톨'처럼 흘러갔다는 건 지금 하는 일이 적성에 맞기 때문일 거예요. 손님도 방금 거부감이 없다고 했고요. 그런데 뭔가 불만이 있으신 거예요?"

"허무해요."

미마는 약하게 고개를 흔들었다.

"최근에야 느낀 감정은 아니지만, 맛있지도 않은 걸 먹고 맛있는 척하는 게 점점 부담스러워요. 특히 오늘….'

처음에는 그 나름대로 보람이 있었다. 셀 수 없이 많은 맛집 리포터 중에서 두각을 드러내고 인정받는 것이 기쁘고 자랑스러웠다. 하지만 10년이나 계속하다 보니 아무래도 힘에 부쳤다.

오늘은 특히 싫어하는 카레와 치즈를 억지로 먹고 방긋방긋 웃으며 미사여구를 늘어놓아서 그런지 이 모든 것이지긋지긋했다. 그 직후에 우연히 들어온 요네야에서 생각 이상으로 맛있는 음식을 먹었다. 지금까지 쌓이고 쌓인 불만이 한꺼번에 터져 나와 감정의 댐이 무너졌다.

"이제 이런 일은 그만하고 싶어요. 예전에 꿈꾸던 대로 저널리스트의 세계로 돌아가고 싶어요."

"명확한 목표가 있어요?"

"모르겠어요. 아동 복지라는 주제가 워낙 넓어서."

미마는 그렇게 대답하고는 고개를 번쩍 들었다.

"하지만 저 나름대로 주제를 찾아서 취재하고 싶어요."

아키호는 다시 한번 마사키를 떠올렸다.

"있잖아요, 아까 얘기한 편식하던 아이는 의사 선생님이 됐어요. 그래서 지금은 식품 알레르기를 연구해요."

"식품 알레르기요?"

미마는 진의를 살피듯 되물었다.

"네. 식품 알레르기가 있는 아이는 알레르기의 원인 물질을 뺀 '제거식'을 먹는 게 현재로서 유일한 대처법인데, 그걸 평생 이어가기는 힘들어요. 가족이나 친구와 똑같은 음식을 먹지 못하는 것도 당사자에게는 씁쓸한 일이고요."

"아나필락시스 쇼크를 말씀하시는 거죠? 제 친구 중에도 메밀 알레르기인 애가 있는데, 메밀껍질이 들어간 베개만 베도 발작이 일어나서 못 쓴다고 하더라고요."

"그래서 새로 시작된 연구가 있어요. 알레르기의 원인이 되는 물질을 몇 천 분의 1로 희석해서 조금씩 섭취하게 하는 거예요. 물론 의사 입회하에 엄중히 관리하면서요. 그 과정을 거듭하다 보면 아주 조금씩 알레르기 물질에 내성이 생겨서 나중에는 극소량 정도는 섭취해도 증상이 안 나타날지도 모른다고…."

"아, 그거 들어본 적 있어요."

감감작요법 또는 경구면역요법이라고 불린다. 식품 알레르기 치료법으로 일본에서 크게 주목받은 것은 2007년쯤이었다.

"그 아이는 그 연구와 동시에 편식과 관련해서도 힘쓰고 있어요. 자기가 편식 때문에 고생했으니까…."

이야기가 핵심에 다가서자 미마는 긴장하며 들었다.

"음, 자폐가 있는 아이들은 편식이 심하다고 들었어요. 엄밀히 말하면 평범한 사람보다 감각이 예민하고 강박이 세서 못 먹는 거래요. 미끌미끌한 식감이 싫어서, 반대로 딱딱한 식감이 싫어서, 채소에서 나는 풋내가 싫어서, 한 번도 안 먹어본 음식이 무서워서…. 어휴, 엄청 힘들대요."

아키호는 거기서 잠깐 말을 끊고 호지차로 목을 축였다.

"그런 감각의 문제를 '편식'이라고 뭉뚱그려 말하니까 안쓰럽다고 하더라고요. 저도 동감했는데, 역시 그랬군요. 오늘 손님의 이야기를 들어보니 먹지 못하는 사람, 먹기 싫은 사람의 괴로움이 뼈저리게 느껴져요."

미마는 아키호가 하려는 말이 무엇인지 어렴풋이 알 것 같았다.

"손님, 아동 복지를 주제로 쓰고 싶다면서요? 그럼 먹기 싫어하는 아이들에 관해서 기사를 쓰는 건 어때요? 그런 아이들은 주변 사람들에게 이해받지 못해서 힘들 거예요. 손님이 쓴 기사로 세상의 이해가 넓어지면 아이들이 조금 더 편하게 살 수 있지 않을까요?"

아키호는 미마의 등을 떠미는 느낌으로 말을 매듭지었다.

"맛있는 음식이나 먹는 기쁨을 알리는 사람은 많지만, 먹지 못하는, 먹기 싫은 느낌을 알리는 사람은 거의 없잖아요. 손님이라면 자기 일처럼 세상에 그런 것들을 알릴 수 있을 거예요."

답답한 응어리가 몸 밖으로 빠져나가서 텅 비어 버린 미마의 가슴에 새로운 생각이 싹텄다. 드디어 발견한, 자신이 몰입해야 할 주제. 그것을 필생의 사업으로 키우고 싶다는 소망.

"이모님, 감사해요. 저 제가 가야 할 길을 찾았어요."

아키호는 빙그레 웃으며 고개를 끄덕였다.

"다행이네요."

"이모님 덕분이에요."

"제가 뭐 한 게 있나요? 손님은 속으로 새로운 도전을 할 준비가 돼 있었어요. 오늘 일은 작은 계기였을 뿐이에요."

그리고 다정하게 덧붙였다.

"하지만 새로운 일이 궤도에 오를 때까지 맛집 리포터 일은 계속해요. 어렵게 얻은 인기잖아요."

"맞아요. 앞으로는 음식에 따라서 일을 선택할래요. 이 제 카레는 절대 안 해요."

미마는 즐겁게 소리 높여 웃었다.

그날 밤, 미마가 돌아가고 나서도 손님이 끊이지 않고 드 문드문 온 덕분에 심야를 지나서야 가게를 마감했다.

아키호는 붉은 초롱의 전원 코드를 뽑고 가게 불을 끄려 고 하다가 미마가 준 팸플릿을 떠올렸다. 서랍에서 꺼내 다 시 한번 찬찬히 살펴보았다.

'이게 정말 그렇게 성능이 좋은가?'

그런 생각을 하면서 2층 계단을 올라갔다.

"이상하네. 분명히 여기였는데."

미마는 혼잣말을 흘리며 주위를 둘러보았다.

아케이드 상점가 중간에서 오른쪽으로 꺾고 첫 모퉁이

에서 왼쪽으로 꺾었다. 골목이 분명 낯익었다. 오른쪽에 예스러운 술집, 왼쪽에 닭꼬치집. 그 두 가게 사이에 붉은 초롱이 조심스레 빛나는 허름한 선술집이 있었다. 그런데 지금 눈앞에 있는 것은 셔터를 내린 접골원이었다.

"어떻게 된 거지? 겨우 이틀 만에 가게가 없어지지는 않았을 텐데."

입속말을 중얼거리면서 닭꼬치집의 미닫이문을 열었다.

"저기, 실례합니다."

미마는 가게 안으로 걸음을 옮겼다. 카운터 안쪽에는 가게 사장과 사장 부인, 먼저 온 손님 셋이 있었다. 모두 노인이었다.

"이 근처에 요네야라는 선술집이 있을 텐데, 제가 길을 잃어서⋯."

카운터 쪽을 보던 손님 세 명이 일제히 미마를 돌아보았다.

"저기⋯?"

그 세 사람이 왠지 모르게 낯익었다. 시원하게 머리가 벗어진 노인과 머리카락을 연보라색으로 염색한 노부인, 그리고 낚시꾼이 입을 법한 주머니 많은 조끼를 입은 노인⋯.

"아가씨, 요네야에 갔어?"

조끼를 입은 노인이 물었다.

"네, 그저께요. 가게에서 이모님이 친절하게 대해주셔서 감사 인사를 하고 싶었어요."

사장 부부와 손님 셋은 서로 이마를 맞대고 의미심장한 눈빛으로 고개를 끄덕였다.

미마가 그 태도에 수상함을 느끼면서도 조용히 답을 기다리자, 일동을 대표해 연보라색 머리를 한 노부인이 입을 열었다.

"놀라지 말고 들어. 요네야는 30년 전에 없어졌어. 거기 사장님이 세상을 떠서."

"뭐라고요?!"

미마는 비명을 지르듯 목소리를 높였다.

"농담하지 마세요! 이모님은 아주 건강했어요! 말씀도 제대로 하셨고요. 그리고 저 말고 다른 손님들도 있었어요. 여러분이랑 조금 닮았어요. 머리가 벗어진 할아버지랑, 그런 조끼를 입은 할아버지랑, 또 그런 색으로 머리를 물들인 할머니, 그렇게 세 분이요."

쿠츠카케 오토지로의 아들 나오타로가 물었다.

"다들 즐거워 보였나?"

"네. 그야말로 단골 같은 느낌이었고 화기애애했어요."

나오타로는 타이조와 코마키의 얼굴을 돌아보았다.

"아키호랑 우리 아버지, 친구분들, 다 평온한가 보다."

"그러게. 일하면서 겪은 자랑스러운 일화를 늘어놓을 수 있어서 신나셨겠지."

"이제 와서 생각해 보면 우리 엄마는 삼촌들 사이에 끼어 있어서 어깨가 으쓱거렸을 거야."

"요네야의 단골 중에서 홍일점이었으니까."

미마는 노인들의 대화를 듣다가 몸이 떨렸다.

'그, 그럼, 내가 만난 그 사람은 설마…?!'

비명이 터져 나오기 직전, 미마는 생각을 멈췄다. 사장 부부와 손님들의 느긋한 대화가 미마의 몸을 부드럽게 감싸며, 불쑥 고개를 내민 공포를 씻어 냈다.

토키히코의 아들 타이조가 다정하게 말했다.

"아가씨, 놀랐겠지만, 무서워할 필요 없어. 아키호는…, 요네야의 사장님은 아주 마음씨 좋은 사람이라 절대 아가씨에게 해코지하지 않을 거야."

"전에도 몇 번 요네야에 다녀왔다는 젊은이들이 찾아왔는데, 다들 아키호에게 고맙다고 했어."

나오타로도 거들었다.

"아가씨 생각도 비슷하다면 아키호를 잊지 말아 줘. 아가씨처럼 젊은 사람이 기억해주면 죽은 사람은 그것만으로도 기쁠 거야."

마지막으로 마키의 딸 코마키가 말했다.

"알겠습니다."

노인들의 말이 미마의 가슴에 닿았다.

'그래, 이 사람들 말이 맞아. 그 이모님은 다정하고 좋은 사람이었어. 그분 덕분에 나는 새롭게 한 발짝을 내디딜 수 있었어.'

"그분을 평생 잊지 않을게요. 이모님을 떠올릴 때마다 가게에 계시던 여러분의 아버지, 어머니도 같이 기억할게요."

세 노인은 기쁘게 눈웃음 지었다.

"안녕히 계세요. 실례했습니다."

미마는 고개를 숙이고 가게를 나섰다.

역으로 향하는 길에 걸음을 멈추고 뒤를 돌아보았다. 땅거미 내린 신코이와의 하늘 끄트머리가 파친코 가게와 캡슐 호텔의 조명에 반사되어 일곱 빛깔로 반짝였다.

《선술집 요네야》 간단 레시피

매실 참기름 양념 연어 술찜

〈재료〉 2인분

생강 2조각	버터 10g
대파 1개	술 3큰술
당근 50g	A〔으깬 매실장아찌, 참기름, 간장, 미림
소금 조금	각 1큰술 / 물 1큰술 / 백후추 적당량〕

〈만드는 법〉

1. 연어에 소금을 치고 10분간 뒀다가 수분을 닦아낸다.

2. 대파는 어슷썰고 당근은 5센티 길이로 채썬다.

3. 평평한 내열 용기에 대파와 당근을 깔고 그 위에 연어를 껍질이 밑으로 가도록 늘어놓고 버터를 올린 후 술을 뿌린다.

4. 랩으로 가볍게 싸서 전자레인지 500W로 7분간 익힌다. 3분 정도 랩을 싼 채로 둔다.

5. A의 재료를 섞어서 매실 참기름 양념을 만들고 완성된 요리에 뿌린다.

★ 전자레인지 요리 중에서 가장 호화로워 보이는 음식은 생선 찜이에요. 다른 생선으로도 만들어 보세요. 양념을 바꾸면 다양한 맛으로 즐길 수 있어요.

문어 카르파초

〈재료〉 2인분
삶은 문어 100g
올리브유 1큰술
소금, 후추 적당량
레몬즙 적당량
파슬리 적당량

〈만드는 법〉
1. 문어를 얇게 썬다. 얇게 썰어야 금방 해동된다.
2. 썬 문어를 겹치지 않도록 냉동 지퍼백에 가지런히 넣고 올리
   브유를 뿌린 후 냉동고에 보관한다.
3. 냉동고에서 꺼내 해동한 후 접시에 죽 늘어놓고 소금, 후추,
   레몬즙을 친 다음 다진 파슬리를 뿌린다.

중국식 달걀찜

〈재료〉 3~4인분

달걀 2개

다진 돼지고기 60g

건새우 1큰술

당면 20g

닭 육수 330ml

다진 파, 고수 적당량

소금, 기름 조금

파 기름(평범한 샐러드유로 대체 가능) 조금

A 〔닭 육수 50ml / 간장 1큰술 / 피시 소스 1작은술〕

〈만드는 법〉

1. 냄비에 물을 끓이고 소금과 기름을 조금 넣어서 끓는점을 올린 후 다진 돼지고기를 넣고 가볍게 젓다가 물에서 건진다.

2. 건새우와 당면을 온수에 불리고, 당면은 부엌 가위로 먹기 좋은 길이로 자른다.

3. 그릇에 건새우, 당면, 삶은 돼지고기를 전체적으로 뿌리듯이 넣는다.

4. 달걀을 볼에 깨뜨려 넣고 거품이 나지 않도록 풀어준 후 뜨

겁지 않은 닭 육수를 조금씩 넣으며 섞는다.

5. 달걀물을 체에 쳐서 부드럽게 만든다.

6. 그릇에 달걀물을 붓는다.

7. 예열해 둔 찜기에 그릇을 넣고 센 불에 15분간 찐다. 이때 찜기 뚜껑을 조금 열어두면 달걀찜 표면에 기포가 생기지 않는다.

8. 냄비에 A의 재료를 넣고 섞은 후 끓인다.

9. 8을 완성된 달걀찜에 붓는다.

10. 다진 파를 올리고 가열한 파 기름(샐러드유도 가능)을 뿌린다.

11. 끝으로 고수를 올려서 마무리한다.

★ 아예 처음부터 만드는 분을 위해 일부러 본문과는 다른 방법을 소개했어요. 본문에 나오는 당면 국 재료를 이용해서 만들고 싶으면 '중국식 당면 국' 레시피와 본문을 참고해 주세요.

염장 다시마 스파게티

〈재료〉 1인분
스파게티 100g
올리브유 1큰술
염장 다시마(채썬 것) 1큰술

〈만드는 법〉
1. 스파게티를 삶는다. 알덴테로 삶는 것이 가장 맛있다.
2. 삶은 스파게티를 건져서 그릇에 담은 후 올리브유와 염장 다시마를 넣어서 잘 섞는다.

★ 이탈리안 요리 연구가 타카코 한자와 멜로시 씨의 책에 나온 레시피예요. 책에 실어도 되나 고민했다고 할 정도로 간단한 요리지만, 먹어보면 정말 맛있어서 과감하게 소개했다고 해요. 여러분도 꼭 만들어 보세요.

제5화

불꽃의 요리사

쿵 하고 무언가가 떨어지는 소리가 나서 아키호는 퍼뜩 고개를 들었다.

　'어머, 나 좀 봐….'

　정신을 차려 보니 거실 반상에 엎드린 상태였다. 깜빡 졸았나 보다. TV로 오후 정보 프로그램을 보다가 자기도 모르게 잠든 모양이다.

　벽시계를 보니 벌써 네 시가 넘었다. 가게 문을 열 준비를 해야 한다.

　기쁘게도 오늘은 슈퍼에서 신선한 전갱이 회를 샀다. 예전에 가게에 온 이탈리안 요리사 청년의 조언을 받아들여서 오늘은 전갱이 타르타르를 만들어 볼 생각이었다.

　"자, 시작해 볼까."

아키호는 "으으" 하며 크게 기지개를 켜고 기운차게 일어났다.

"안녕하세요. 두 명인데….'

미닫이문을 살짝 열고 얼굴을 내민 타니오카 타스쿠는 조금 쑥스러운 표정으로 손가락 두 개를 세웠다.

"어서 와. 앉아."

일곱 시를 막 지난 시간이었고, 먼저 온 손님으로는 기모노 관리점 〈타카사고〉의 주인 쿠츠카케 오토지로와 〈미즈노에 낚시 도구점〉의 주인 미즈노에 토키히코 두 사람이 있었다.

"아, 다행이다. 아버지는 없네."

타스쿠는 뒤돌아보며 일행을 가게 안으로 들였다. 들어온 사람은 타스쿠와 비슷한 나이대로, 다시 말해 쉰 살쯤 된 여성이었다. 타스쿠가 아내 사오리 말고 다른 여자와 요네야에 온 것은 처음이었다. 참고로 사오리는 신혼 이후 계속 외딴섬에 있는 초등학교에서 교사로 일하느라 타스쿠와는 '별거혼' 상태였다.

'혹시 사오리가 없는 틈에 바람을…?'

아키호는 마음속에 살며시 떠오른 의혹을 금방 지워 버렸다. 정말로 그럴 속셈이었다면, 굳이 아버지를 비롯해 지

불꽃의 요리사

인들이 득실거리는 단골 가게에 데려오지 않았을 것이다.

타스쿠와 여자는 구석 자리에 앉았다.

"어서 오세요. 음료는 뭐로 하시겠어요?"

아키호는 두 사람에게 물수건과 기본 안주인 재첩 간장 절임을 내놓으며 상냥하게 물었다.

"미츠코는 뭐가 좋아? 어차피 대단찮은 것밖에 없지만."

"에이, 대단찮다는 말은 너무했다. 타스쿠는 홋피?"

타스쿠가 고개를 끄덕이자, 미츠코는 "그럼 나도 같은 걸로"라고 말했다.

미츠코는 고급스러운 정장 차림에 머리를 깔끔하게 손질하고 엷게 화장한 상태였다. 꾸미고 온 모양이다. 엄청난 미인은 아니어도, 솔직하고 성격 좋아 보이는 얼굴이었다.

"타스쿠가 여자를 데려오다니 별일이네."

주문이 대강 끝나자, 토키히코가 못 참겠다는 듯 말을 걸었다.

"네. 말하자면 동창이에요. 다시 만난 건 33년인가 34년 만이에요."

타스쿠가 옆을 보며 확인하듯 말하자, 미츠코가 빙긋 웃으며 고개를 끄덕였다.

"말하자면 동창이라니 의미심장하네."

"아, 그게, 에도고에서 같은 학년이었는데, 저는 주간, 미츠코는 야간이었어요."

타스쿠는 도립 에도가와 고등학교 졸업생으로, 그 학교
에는 지금도 야간반이 있다.

"주간이랑 야간으로 갈렸는데, 두 사람은 어떻게 서로
알아?"

토키히코가 흥미진진하게 질문했다. 아키호와 오토지로
도 똑같이 궁금했다.

"우선은 건배."

타스쿠는 홋피 잔을 들어올려 미츠코와 건배했다. 평소
의 타스쿠보다 밝고 당당하다. 미츠코에게 좋은 모습을 보
여주고 싶은가 보다.

"어머, 이거 맛있어요."

재첩 하나를 입에 넣은 미츠코가 그릇에 담긴 재첩을
들여다보았다.

"감사합니다. 괜찮으시면 더 드세요. 우리 가게에 처음
오신 기념으로 서비스 드릴게요."

미츠코는 작게 고개를 끄덕이고 질문하듯 타스쿠를 보
았다.

"이 가게가 낡긴 했어도 음식이 꽤 센스 있어."

"타스쿠, 실례야. '시간의 흐름이 묻어난다'고 해야지."

미츠코가 노려보는 시늉을 하자, 타스쿠는 기분이 좋은

지 속없이 싱글벙글했다. 늙은이나 젊은이나 남자는 좋아하는 여자에게 혼나면 기분이 좋은가 보다. 두 사람은 삼십몇 년의 시간을 거슬러 올라가 순식간에 고등학생으로 돌아간 듯 보였다. 신기하게도 학창 시절의 친구를 만나면 사람은 누구나 학창 시절로 되돌아간다.

"이다음은 전골 괜찮으세요? 초벌로 푹 삶아서 잡냄새가 안 나요."

"네. 내장 전골 엄청 좋아해요. 제가 홋카이도 출신이라서 양고기도 아주 좋아하거든요."

미츠코는 겉으로 보이는 것처럼 꾸밈없이 솔직한 성격인 듯했다.

"타스쿠, 이제 두 사람이 어떻게 친해졌는지 얘기해봐."

타스쿠와 미츠코가 홋피를 반 정도 마셨을 즈음 아키호가 채근했다.

"그때가 고등학교 2학년으로 진급한 봄, 황금연휴 전이었지, 아마?"

타스쿠는 그리운 듯 이야기를 시작했다.

토요일, 타스쿠는 체육 수업 때 체육복 바지가 어딘가에 걸려 찢어지고 말았다. 집에 들고 가서 어머니에게 꿰매 달라고 하려고 책상 서랍에 쑤셔 넣었는데, 깜빡하고 그냥 하교했다. 월요일에도 체육 수업이 있어서 하는 수 없이 하루만 찢어진 채로 입고 버티려고 했다.

그런데 월요일에 등교해서 책상 서랍을 보니, 바지가 곱게 개켜져 있었고, 찢어진 부분은 예쁘게 꿰매져 있었다.

몹시 감동한 타스쿠는 공책을 찢어서 감사 편지를 적고 책상 서랍에 넣었다. 그러자 이틀 후, 책상 서랍에서 봉투에 든 답장이 나왔다.

"그걸 계기로 펜팔이 됐죠."

"로맨틱하다."

아키호는 황홀한 기분으로 눈을 가늘게 떴다. 오토지로와 토키히코도 표정이 헤벌쭉했다. '펜팔'이라는 단어에는 21세기 들어 사라진 낭만이 가득했다.

"다음 요리는 이탈리안 요리사가 직접 전수해준 전갱이 타르타르인데, 음료는 어떻게 하실래요? 나카를 드리면 될까요?"

타스쿠는 미츠코의 얼굴을 보며 눈짓으로 의사를 확인했다.

"그럼 모처럼이니까 사케 줘. 미지근한 걸로. 나카는 나중에 추가할게."

"네, 잠시만 기다리세요."

테시가와라 진에게 배운 대로 1센티 크기로 네모나게 자른 전갱이에 소금과 후추를 꼼꼼히 치고 레몬즙을 뿌렸다.

이렇게 하면 수분이 많은 채소와 섞어도 맛이 싱거워지지 않는다고 했다. 큰맘 먹고 적양파와 케이퍼, 노란 파프리카, 민트 잎도 사 왔다. 그리고 오이도 넣는다. 보라색과 초록색과 노란색이 어우러져 색감도 예쁘다.

"음식 나왔습니다."

유리그릇에 담고 민트 잎으로 장식해서 손님 네 명 앞에 늘어놓았다.

"어머, 예쁘다."

이어서 미지근하게 데운 술병과 잔 두 개를 놓았다.

"아키호, 요즘 실력이 좋아진 것 같아."

오토지로가 전갱이 타르타르를 입에 넣고 쩝쩝거렸다.

"맞아. 왠지 생선에 대한 거부감이 사라진 것 같아. 우리 바깥양반처럼 직접 손질하지는 못하지만, 회나 생선 블록을 사와서 정성을 들이면 그것만으로도 훌륭한 요리라고 프로 요리사가 알려줬거든."

"그야 그렇지. 손님 입장에서는 완성된 요리만 맛있으면 그만이니까. 이 서양식 전갱이 요리, 맛있어."

단골손님인 오토지로가 보증하자, 아키호는 기뻤다.

옆을 보니 타스쿠와 미츠코도 타르타르를 맛있게 먹으며 미지근한 사케를 주거니 받거니 했다.

"다음은 버섯과 가리비가 들어간 아히요예요. 따뜻한 요리니까 홋피로 하실래요?"

"응. 나카 부탁해."

타스쿠가 홋피 잔을 가리켰다.

"근데 타스쿠, 이 숙녀분이랑 실제로는 한 번도 못 만나보고 펜팔만 하다가 끝난 거냐?"

토키히코가 호기심을 누르지 못하고 몸을 앞으로 빼자, 타스쿠와 미츠코는 엷은 미소를 띠며 시선을 교환했다.

"아니요, 겨울 방학이 끝나고 한번 만나자는 약속을 잡았어요."

"편지로 만나고 싶다는 말을 들었을 때 너무 좋아서 가슴이 두근거리더라고요. 거의 1년 가까이 편지를 주고받아서 매일 얼굴 보는 친구보다 훨씬 깊은 유대감이 있었어요. 하지만 실제로는 얼굴을 본 적도 없었죠…. 정말 만나고 싶었는데, 여자인 제가 먼저 말을 꺼내기가 힘들었어요."

타스쿠는 당황했는지 눈동자를 이리저리 굴리며 조금 달뜬 목소리로 말했다.

"뭐야, 그랬어? 말해줬으면 조금 더 일찍 만날 수 있었을 텐데."

"그 시절 여학생들은 조심스러웠지."

"지금이랑은 딴판이었어."

토키히코는 오토지로와 함께 고개를 끄덕였다.

불꽃의 요리사

"회사 기숙사가 나카가와 근처에 있어서 케이세이타테이 시역 앞에서 만나기로 했어요. 토요일 오후 여섯 시에…."

"나는 의욕이 앞서서 한 시간 전에 나갔어. 그런데 아무리 기다려도 미츠코가 안 오는 거야. 그렇게 밤 열두 시가 됐고…, 버스도 끊겨서 집까지 걸어갔어. 내 불행을 비웃듯이 중간에 눈까지 오더라."

타스쿠는 익살스럽게 말했지만, 미츠코의 얼굴은 씁쓸하게 일그러졌다.

"그때 정말 미안했어."

"미츠코네 회사에서 야근을 시켰대."

"만나자는 약속이 잡혔을 때부터 회사에 이날만은 절대 야근 못 한다고 신신당부했는데도…."

미츠코는 홋카이도 히다카쵸에서 중학교를 졸업하고 카츠시카구 염색공장에 취직했다. 기숙사 경비를 제하고 받은 월급은 야간 고등학교 학비만 빼고 전부 집으로 보냈다.

중졸로 입사하는 직원이 매년 두세 명 있었지만, 야간 고등학교에 다니는 사람은 미츠코뿐이었다. 공부할 시간이 별로 없는 데다 피곤해서 금방 잠들어 버렸다. 그런데도 고등학교에 다닐 수 있어서 기뻤다.

"원단을 염색하는 일은 깨끗하고 좋을 줄 알았는데, 그렇게 호락호락하지 않더라고요."

입사 2년 차에 미츠코는 '세척'이라는 일을 담당하게 되었다. 염색된 원단과 실타래에 물을 뿌려서 남은 염료와 풀을 씻어 내는 작업이었다. 배의 돛처럼 팽팽하게 당긴 원단에 물 뿌리는 작업을 하다 보면 긴 방수 앞치마를 입어도 머리부터 발끝까지 쫄딱 젖었다.

"겨울에는 온몸이 얼어붙는 것 같았어요."

염색공장 일은 상상을 뛰어넘을 만큼 고됐다.

미츠코와 친한 2년 선배는 '삶기'를 담당했다. 원단을 염색하기 전에 뜨거운 물에 삶거나 염색 후에 건조하는 작업이었다. 작업장에 가득 찬 뜨거운 수증기 열기 때문에 땀이 죽죽 흘러서 작업자들은 때때로 소금을 핥으며 녹초가 되도록 일했다.

"저는 야간 학교에 다녀서 야근이 면제였어요. 그런데 그해 11월쯤부터 엄청나게 일이 많아졌어요. 수출이 호황이라 원단을 납품하는 의류 업체에서 주문을 늘렸거든요. 단골 거래처라서 회사는 무리하면서도 주문 물량을 맞춰야 했어요. 그래서 기말고사가 끝나면 야근에 들어가라는 계장님 말씀을 거역할 수 없었어요."

온종일 냉수를 뒤집어쓰면서 작업을 이어가면 손끝이 저리고 감각이 없어졌다. 그러면 난로로 손을 녹이고 다시

작업을 이어갔다. 아무것도 생각할 여유가 없었다. 하루 일을 마치면 입을 벌릴 기력조차 없었다.

미츠코는 종업식에도 출석하지 않고 매일 늦게까지 공장에서 일했다.

"제가 뭐라 해줄 말이 없네요."

아키호는 말이 나오지 않았다. 자신과 또래인 여자아이가 그렇게 고단한 청춘을 보냈다니, 상상하기도 힘들었다. 아키호 세대에는 집단 취직으로 상경한 청년이 적지 않았지만, 그런 삶이 구체적으로 어떠했는지는 모른다. 아니, 생각해 본 적도 없었다.

그 시절, 아키호가 당연하다는 듯 고등학교 생활을 하던 그 땅에 미츠코 같은 여자아이가 많았던 것일까.

"그래도 타스쿠를 만나기로 한 토요일에는 야근을 안 해도 된다고 회사에서 허락을 받았어요. 그래서 그날이 오기만을 기대하면서 일했어요. 그런데⋯."

아이치에 있는 공장에서 염색공장으로 원단을 옮기던 트럭이 고속도로 사고로 길이 막혀 매우 늦는다는 연락이 왔다. 의류 업체가 갑자기 생산을 늘리는 바람에 염색공장에 있던 원단 재고가 바닥나서 아이치 공장에서 쉬지 않고 물건을 받아야 하는 상황이었다. 거래처에서는 오늘 예정된 분량을 내일까지 출하해 달라고 성화였다.

"원단이 도착하면 모든 인원이 전력으로 작업해야 겨우 겨우 출하 시간을 맞출 수 있었어요. 그러니까 야근을 해달라고 해서…. 저는 거부할 수가 없었어요."

그때 느낀 서러움이 되살아났는지 미츠코의 눈이 눈물로 촉촉해졌다. 아키호도 덩달아 눈물이 날 것 같았다.

"월요일에 자초지종을 적은 편지를 책상 서랍에 넣었어요. 그런데 다음날에도 편지가 그대로 남아 있었어요. 타스쿠가 제 편지를 거부했다고 생각했어요. 결국 일주일 내내 계속 그 상태였고…. 저는 토요일에 편지를 갖고 집으로 돌아갔어요."

"아니 그게, 좀 우스운 얘기인데, 내가 그때 눈을 맞아서 그랬는지 감기에 폐렴까지 걸려서 보름이나 입원했거든."

타스쿠가 면목 없다는 듯 머리를 긁적였다.

"아주 애달픈 이야기구나."

오토지로가 코를 훌쩍였다.

"그야말로 엇갈렸네."

아키호도 살짝 눈가를 훔쳤다.

"그래서 그 이후에도 계속 염색공장에서 일하셨어요?"

미츠코는 고개를 저으며 쓴웃음을 지었다.

"공장은 그 뒤로 얼마 안 가서 도산했어요. 의류 업체가 신나게 신형 설비를 증설하자마자 주문이 동남아시아로

다 빠져나가서 도산했거든요. 그때 채권을 회수하지 못한 공장도 같이 망했어요."

직원 기숙사도 폐쇄되어 미츠코는 직장과 거처를 동시에 잃었다.

"어머나…."

아키호는 목 끝까지 올라온 "어떻게 그런 일이…"라는 말을 삼켰다. 미츠코의 표정이 의외로 밝아서였다.

"도쿄에서 직장을 찾다가 안돼서 고등학교도 자퇴하고 본가로 돌아갔어요. 그러다가 오비히로에 있는 식품공장에 재취업했어요. 오비히로는 우리 고향과 비교하면 엄청 큰 도시였고 사람도 많아서 깜짝 놀랐어요. 새로운 회사에도 직원 기숙사가 있어서 다시 야간 고등학교에 다녔어요. 3학기 기말고사는 못 쳤지만, 예상점수로 환산해서 고등학교 2학년 학점을 인정받은 덕분에 3학년으로 편입할 수 있었어요."

타스쿠가 온화한 표정으로 덧붙였다.

"미츠코는 거기서 알게 된 사람과 결혼했어."

아키호와 오토지로와 토키히코가 한목소리로 "축하해요"라고 말했다.

"그럼 너는 미츠코 씨를 못 만나서 침울해하다가 사오리에게 위로를 받고 홀딱 반한 거냐?"

오토지로가 놀리듯 말하자, 타스쿠는 "아니야, 아니야" 하며 부정했다.

"사오리랑 사귄 건 졸업하고 나서야. 반창회에서 다시 만나서 어쩌다 보니."

이번에는 아키호가 물었다.

"미츠코 씨, 도쿄는 관광차 오셨어요?"

"네. 실은 어떤 이벤트에 응모했다가 도쿄 2박 3일 여행권에 당첨됐어요. 올해 드디어 아이들도 독립해서 우리 손을 떠났고 젊을 때 생각도 나서 감성 여행을 하려고 왔어요."

"나였으면 〈무도회의 수첩〉*이라고 표현했을 텐데."

"신코이와 선술집에 데려와 놓고 〈무도회의 수첩〉은 아니지."

아키호가 장난 섞인 투로 지적하자, 타스쿠는 "맞는 말이네" 하며 고개를 끄덕였다.

"제가 신코이와에 있는 가게에 데려가 달라고 부탁했어요. 2년 동안 카츠시카구에 살았지만, 회사 위치가 오쿠도라 가끔 외식할 때도 타테이시나 요츠기에서 해서 신코이와에 들를 일이 없었거든요. 에도고 바로 옆인데."

"그런데 미츠코 씨, 타스쿠네 집이 이쪽인지 어떻게 알았어요?"

---

* 1937년작 프랑스 영화. 한 미망인이 과거의 추억을 떠올리며 자신이 젊은 시절에 만났던 남자들을 다시 찾아가는 내용이다.

토키히코가 물었다.

"신코이와 상점가에서 오른쪽으로 꺾으면 나오는 골목에서 헌책방을 한다고 편지에 적혀 있었거든요. 오래된 기억에 기대서 정처 없이 걷는데 타니오카 헌책방이 보여서…."

"갑자기 '에도가와 고등학교에 다니던 타니오카 타스쿠 맞아요?'라고 물어봐서 깜짝 놀랐어. 나한테는 달곰씁쓸한 추억이지만, 미츠코는 진작에 잊었을 줄 알았거든."

미츠코는 단호하게 고개를 저었다.

"내 도쿄 생활의 추억은 타스쿠랑 연결돼 있어. 힘든 일도 많았지만, 타스쿠랑 펜팔을 하면서 도쿄 생활에 조금 정이 든 느낌이었어. 게다가…."

미츠코는 그리운 눈빛으로 허공을 올려다보았다.

"그 시절의 카츠시카는 내가 상상하던 도쿄랑은 사뭇 달라서 고층 빌딩이나 고속도로도 없고 여유롭게 강이 흐르는 한가한 동네였어. 우리 본가는 바다 옆이라 겨울이면 눈보라가 쳐서 해풍이 엄청 강했거든. 그래서 여기서 지낸 2년은 청춘의 보물이야."

젊음은 참 대단한 것이라고 아키호는 새삼 감동했다. 어떠한 불운이나 부조리를 맞닥뜨리더라도 떨쳐버리고 새로운 걸음을 내디딜 힘이 있다. 미츠코는 열일곱 살이었기에 역경을 딛고 다시 일어설 수 있었다.

"다음은 대구 바지락 종이포일 구이가 준비돼 있는데, 어떡할까요?"

아키호가 말하자, 손님들은 모두 두말없이 "잘 먹겠습니다!"라고 대답했다.

오토지로와 토키히코가 떠나고 타스쿠와 미츠코도 가게를 나가자, 시간이 거의 열 시였다.

미츠코는 내일 상경할 남편과 합류해 둘이서 도쿄 디즈니랜드를 관광할 예정이라고 했다. 타스쿠는 섬에 있는 사오리에게 간다고 했다.

두 사람 다 부부 사이가 원만하지만, 오래된 추억의 상대와 재회해서 아주 잠깐 청춘을 되찾았다. TV나 소설처럼 불륜에 빠지는 대신, 추억을 가슴에 묻고 다시 각자의 일상으로 돌아간다.

좋은 결말이다. 남녀 사이라고 반드시 연애로 귀결되라는 법은 없으니까. 연애에 못 미칠 때가 가장 좋은 관계도 있는 법이다.

아키호는 마음이 흡족해서 오늘은 이만 가게를 닫을까 생각했다.

꿈같은 감상을 깨고 드르륵 하며 미닫이문이 열렸다.

"어서 오세요."

일흔쯤 되어 보이는 남자 손님으로, 처음 보는 얼굴이었다.

"편한 자리에 앉으세요."

살가운 목소리로 권했지만, 솔직히 환영하기 힘든 손님이었다. 손님은 언짢은 듯 입꼬리를 내리고 미간에 주름을 잡은 상태였다. 내면의 울적함이 대놓고 얼굴에 드러났다. 이런 손님이 시비를 걸거나 난리를 치면 감당하기 힘들다.

그렇게 되면 옆 가게로 뛰어갈 생각이었다.

옆 가게인 닭꼬치집 〈토리마츠〉는 부부끼리 운영하는 곳인데, 남편이 마흔 언저리다. 어릴 때부터 유도를 배웠다고 했으니 분명 힘이 되어 줄 것이다.

"맥주."

스미타니 사부로는 퉁명스럽게 말했다.

"삿포로 병맥주인데, 괜찮으세요?"

사부로는 무뚝뚝하게 고개를 끄덕였다. 마음속에서 원통함이 소용돌이쳐서 솔직히 술맛도 제대로 느끼지 못할 것 같았다. 하지만 술이라도 마시지 않으면 도저히 견딜 수 없었다.

아키호는 맥주에 이어 재첩 간장 절임을 내놓았다. 솔직히 이 손님이 한시라도 빨리 돌아갔으면 해서 구태여 안주를 추천하지도 않았다.

사부로는 잔에 따른 맥주를 단숨에 들이켜고 크게 한숨을 뱉었다. 재첩 하나를 입에 넣고 맥주잔을 다시 채웠다.

"…?"

의외로 재첩이 맛있어서 젓가락으로 집어 올리고 살펴보았다. 평범한 간장 절임인데….

"이모, 이거 어디 재첩이야?"

"글쎄요. 슈퍼에서 싸게 팔길래 사온 거라서 잘…."

아키호는 말끝을 흐리며 쭈뼛쭈뼛 물었다.

"입에 안 맞으세요?"

"아니, 맛있어. 이런…, 이렇게 말하면 무례하지만, 이런 변두리에 있는 선술집에서 좋은 재료를 쓰는구나 싶어서."

'뭐라고? 정말 무례하네. 변두리에 있어서 미안하네요. 그러는 그쪽도 고급 식당 손님으로는 안 보이거든요.'

속으로는 악담했지만, 조금도 내색하지 않고 온화하게 대답했다.

"사실 그 재첩, 한 번 냉동했다가 해동한 거예요. 조개는 냉동하면 감칠맛이 네 배로 늘어난다고 요리책에 쓰여있었거든요."

사부로는 눈썹을 치켜올렸다. 그런 이야기는 생전 처음 들은 모양이다.

"그리고 간장에 매실장아찌를 살짝 섞었어요. 대만 음식점 주인에게 배운 방법이에요."

"흐으음."

사부로는 남은 조개를 먹었다. 대만 음식이라니 조금 못마땅했지만, 먹다 보니 점점 배가 고파졌다. 분에 못 이겨 식사 도중에 집을 뛰쳐나왔으니 생각해 보면 배가 고플 만했다.

"조금 더 배가 찰 만한 건 없나?"

"전골은 어떠세요? 초벌로 푹 삶아서 잡냄새가 전혀 안나요."

"그걸로 줘."

아키호는 그릇에 전골을 담고 송송 썬 파를 뿌려서 손님에게 냈다.

사부로는 카운터에 놓인 향신료를 집어서 잔뜩 뿌렸다.

'아아, 저렇게 많이 뿌리면 애써 요리한 내장이랑 국물 맛이 변할 텐데.'

아키호는 속으로 옐로카드를 꺼냈다. 회나 낫토였으면 몰라도, 누군가가 공들여 만든 요리에 무턱대고 간장이나 소스를 뿌리는 행동은 요리한 사람에게 실례다. 물론 토마토케첩이나 고춧가루였어도 마찬가지다.

"흐음, 역시 선술집은 전골이 간판 메뉴군."

그래도 사부로는 맛있게 전골을 먹어치우고 국물도 남김

없이 마셨다. 내친김에 남은 맥주까지 싹 비웠다.

"맥주 추가. 그리고 다른 거 뭐 더 없나? 배가 찰 만한 거."

"으음, 양배추 돼지고기 찜은 어떠세요? 폰즈랑 드시는 거예요."

"그래, 그거 줘."

아키호는 마개를 딴 새 맥주를 손님에게 내고 냉동고를 열었다. 비밀 병기가 든 그릇을 꺼냈다. 삼겹살에 한 장 한 장 유자후추를 바르고 양배추와 고기를 번갈아 쌓아 놓았다. 고기 150그램에 양배추 여섯 장이 기준이다. 쌓아서 냉동하면 돼지고기의 풍미와 양배추의 단맛이 커지고 유자후추의 맛이 잘 밴다. 그대로 전자레인지에 돌리면 완성이다. 폰즈와 조합이 좋지만, 소스는 취향대로 곁들이면 된다.

"음식 나왔습니다."

먹기 좋은 크기로 잘라서 접시에 담아내자, 사부로는 의심스러운 표정으로 찜을 빤히 보았다. 그러다가 폰즈를 살짝 찍어서 입으로 가져가더니 눈을 휘둥그레 떴다.

"…산뜻해서 술술 넘어가. 술안주로도 딱이군."

"이것도 냉동의 마법인가 봐요."

아키호는 기분 좋게 말했지만, 사부로는 어쩐지 불편한 듯 눈썹을 찌푸렸다. 그러면서도 계속 먹으며 말없이 맥주를 들이켰다.

불꽃의 요리사

"이번에는 뭔가 해물을 먹고 싶은데."

사부로가 찜의 마지막 한 젓가락을 삼키고 중얼거렸다.

"버섯 가리비 아히요랑 대구 바지락 카르토초 중에 어느 게 좋으세요?"

"그건 어디 음식이야?"

"아히요는 스페인의 올리브유 조림, 카르토초는 이탈리아의 종이포일 구이인데, 우리 가게에서는 일본식이에요. 제가 만드니까요."

사부로는 처음으로 작게 웃었다.

"둘 다 줘."

"네. 감사합니다."

빈 배가 채워지자 사부로의 기분이 나아진 것 같아서 아키호는 일단 마음이 놓였다.

냉동고에서 냉동 지퍼 백을 꺼냈다. 그 안에는 버섯 세 종류와 삶은 가리비와 이탈리안 파슬리를 다진 마늘과 올리브유에 버무린 것이 들었다. 그대로 냄비에 넣고 데우면 된다. 간은 소금으로만 한다.

버섯은 세 종류 이상이면 뭐든 괜찮지만, 이번에는 양송이와 만가닥버섯과 잎새버섯을 썼다. 버섯의 풍미와 가리비의 육즙이 기름에 배어 나와 기막힌 아히요가 탄생한다. 남은 기름은 볶음에도 쓸 수 있고 빵에 발라 먹어도 맛있다.

"음식 나왔습니다. 뜨거우니까 조심하세요."

두툼한 사발에 담아서 숟가락과 함께 테이블에 냈다.

"그 기름, 빵에 발라 먹어도 맛있어요. 프랑스빵이 있는데, 조금 드릴까요?"

"그래, 먹어보지."

아키호는 미리 사 둔 바게트를 얇게 두 장 잘라서 토스터로 가볍게 구운 뒤 작은 그릇에 올려서 내놓았다.

사부로는 숟가락으로 기름을 떠서 바게트 한쪽에 얹고 한입 베어 물었다.

"…생선조림 국물에 밥을 비벼 먹는 느낌인가?"

"그런 셈이네요. 서양 요리는 접시에 남은 소스를 빵으로 훑어서 먹으니까요."

"중화요리에도 비슷한 게 있어. 꽃빵이라고…, 찐빵 피 같은 건데, 남은 소스를 거기에 찍어 먹어."

가게에 막 들어왔을 때 풍기던 언짢은 기운은 온데간데 없고 요리와 술을 즐기는 모습이었다.

아키호는 카르토초를 조리하기 시작했다. 그런데 이것도 전자레인지에만 돌리면 끝이다.

대구에 후추소금을 치고 다진 마늘을 발라서 유산지 가운데에 놓는다. 냉동고에서 꺼낸 바지락과 반으로 자른 방울토마토, 바질을 올리고 백포도주와 올리브유를 뿌린

불꽃의 요리사

뒤 유산지 아귀를 단단히 오므려서 전자레인지로 4, 5분 가열한다. 바지락이 입을 열 때까지만 가열하면 된다.

참고로 카르토초는 이탈리아어로, '카르타'가 종이라는 뜻이어서 포일이나 종이에 싼 채로 굽는 요리를 가리킨다.

유산지째 접시에 올려서 내놓자, 사부로는 유심히 바라보다가 한숨을 흘렸다.

"호쇼야키* 같은 거로군."

"맞아요. 유산지에 싸니까 어패류의 풍미가 깊어져서 조미료도 거의 필요 없을 정도예요. 접시도 더러워지지 않고요."

사부로는 접시로 시선을 내리더니, 묵묵히 음식을 입으로 가져가며 틈틈이 맥주로 혀를 식혔다.

"후우…."

드디어 배가 부른지 위장 쪽을 손으로 문질렀다.

"이모, 마무리로 쌀 요리는 없나?"

"으음, 주먹밥이랑 오차즈케는 가능한데…. 가벼운 걸 원하시면 죽도 있어요. 실 다시마로 만든 소스를 얹는데, 우리 가게 추천 메뉴예요."

타스쿠 일행을 위해 죽을 넉넉하게 만들어 둬서 아직 남았다. 다시 데워서 소스를 얹으면 마무리 음식으로 그만이다.

---

*　닥나무 종이로 생선을 싸서 굽는 일본 요리

"그럼 그 죽으로 하지."

"네. 잠시만 기다리세요."

"그리고 사케, 작은 거 한 병 차갑게."

아키호는 남은 죽을 작은 냄비에 옮겨 담고 불에 올린 다음 사케 병을 사부로 앞에 놓았다.

"이모도 한잔 어때?"

사부로가 술병을 눈높이로 들어 올리며 물었다.

"감사합니다. 그럼 잘 마시겠습니다."

아키호는 자기 전용 잔을 꺼내서 술을 받았다. 자신을 위한 포상이었다. 언짢아하던 손님의 기분이 이렇게까지 좋아진 것을 보면 자신의 요리도 대단하지 않은가.

죽이 보글보글 끓었다. 작은 사발에 담고 실 다시마 육수로 만든 간장 소스를 얹은 다음 파와 다진 생강을 토핑으로 올렸다. 아키호는 아침에 남은 재료로 만든 이 죽을 먹을 때마다 언젠가 유명한 일식당 효테이에서 진짜 '효테이 죽'을 먹어보고 싶다는 생각을 했다.

사부로는 숟가락으로 뜬 죽을 후후 불어서 입에 넣었다. 천천히 삼키고는 눈을 지그시 감았다.

"육수로 만든 소스를 얹은 게 다인데, 이것만으로도 평범한 흰죽이 완전히 새로운 요리로 탈바꿈하는군."

감명을 받은 목소리였다.

불꽃의 요리사

"요리는 참 신기하죠. 정답도 없고 목표도 없으니까요."

사부로는 크게 고개를 끄덕이고 천천히 죽을 먹으며 찬술을 마셨다.

"아아, 맛있었다."

"맛있게 드셔주셔서 감사합니다."

아키호는 호지차를 끓여서 내놓았다. 조금 불편하게 여겼던 이 새로운 손님이 이제는 친근하게 느껴졌다.

"그나저나 이모, 참 대단한 사람이네. 계속 봤는데, 불을 거의 안 쓰고도 맛있는 음식을 척척 만들어 내던걸."

"아유, 쑥스럽네요. 요령 부린 거죠, 뭐. 미리 만들어 둔 음식이랑 냉동이랑 전자레인지로 어물어물 넘긴 거예요."

"그러니까 말이야. 나는 도저히 흉내도 못 낼 능력이야."

사부로는 괴로운 듯 한숨을 쉬었다.

"사실 나는 중국집을 해."

"어머, 그러셨어요?"

그러지 않아도 아키호가 조리하는 모습을 관찰하는 사부로의 눈빛을 보고 요리사가 아닐까 싶었다. 정식으로 요리를 갈고닦은 사람으로서 아키호의 아마추어 요리를 지켜보기가 힘들었을지도 모른다.

"중화요리는 화력이 생명이죠? 중국집 가스레인지는 어마어마한 불이 나와서 보고 있으면 무서울 정도예요."

"맞아."

어째서인지 사부로는 괴로운 듯 시선을 피했다.

"중화요리는 웍질이 엄청나잖아요. 볶음밥을 하면 밥이 불꽃 위에서 춤을 추죠."

만화 《맛의 달인》에서 얻은 지식인데, 손님을 띄워주고 싶어서 말해 보았다. 그런데 사부로의 표정은 점점 더 어두워졌다.

"옛날에는 카츠시카에도 작은 공장이 많았는데."

갑자기 화제가 바뀌었지만, 미츠코를 만난 직후라서 아키호는 당황하지 않았다.

"맞아요. 오쿠도 쪽에는 큰 염색공장이 있었죠."

"염색이 카츠시카의 특색 산업이었으니까. 아오토에는 커다란 잉크공장이 있었고, 주물 공장이랑 완구를 만드는 공장도 많았어."

"그러게요. 제가 어릴 때는 작은 공장이랑 농경지가 여기 저기 흔했어요. 지금은 대부분 주택이 됐죠."

"뭐, 몇 군데는 아직 남아 있지만, 옛날이랑은 비교도 안 되지."

사부로는 과거를 회상하듯 눈을 반짝였다.

"다들 아침부터 저녁까지 열심히 일했어. 직공들은 지방에서 올라와 취직한 사람이 많았지. 다들 기숙사에서 사니까 점심은 대체로 외식이었어. 식사를 제공하지 않는 기숙사에 들어가면 아침 점심 저녁을 다 밖에서 먹어야 했어. 그래서 아침부터 하는 백반집도 많았고, 가끔은 24시간 영업하는 곳도 있었어."

"편의점 같네요."

"내가 처음 일한 가게가 카와사키에 있었거든. 거기 공업지대가 있는데 24시간 가동돼. 기계를 멈추면 손해가 나니까 오전조, 오후조, 야간조로 여덟 시간씩 3교대였어. 그 덕에 가게는 24시간 영업이었고, 야간조 직공은 아침부터 맥주나 소주를 마셨어."

사부로는 호지차를 홀짝이며 이야기를 이어갔다.

"6년 수련하고 스물넷에 독립해서 이쪽에 가게를 냈어. 그 시절에는 젊은 직공들과 여공들이 근처에 득실거려서 그야말로 시끌벅적했지. 젊은 애들이 일 끝나고 중국집 오는 걸 그렇게 좋아했어. 선술집에서는 배가 안 차니까."

아키호도 그 광경이 눈에 선했다. 아키호의 집 근처에서도 중국집에는 낮이나 밤이나 손님이 가득했다.

"오늘 예전에 오쿠도 염색공장에서 일했다는 손님이 왔어요. 여자분인데, 홋카이도에서 중학교를 졸업하고 집단취직으로 도쿄에 왔대요. 매일 온몸에 찬물을 뒤집어쓰고 쫄딱 젖어가면서 원단을 씻는 작업을 했다더라고요. 그 애기를 듣다가 눈물이 날 뻔했어요. 내가 태평하게 고등학교 생활을 하던 그때, 한쪽에서는 내 또래의 여자아이가 그렇게 고된 노동을 했다니…."

사부로는 거듭 고개를 끄덕였다.

"우리 가게에 와준 젊은 손님들도 다 비슷한 처지였어. 나도 똑같아. 열여덟에 시즈오카를 떠나 남의 집에 얹혀살면서 일했어. 욕실도 없는 세 평짜리 단칸방을 네 명이 같이 쓰면서 열두 시간 노동은 당연했고, 휴일은 일주일에 한 번 있으면 다행이었지. 넌더리가 나서 관두는 선배도 있었지만, 나는 참고 견뎌서 내 가게를 차릴 수 있을 때까지 노력했어."

"고생 많으셨어요. 그래도 보람은 있었죠?"

"뭐, 그렇지."

사부로는 의기양양하게 턱을 치켜들었다.

"아들하고 딸은 대학교까지 보냈고, 집사람은 세 번이나 해외여행에 데려갔어."

"부러워요. 저는 신혼여행 때 하와이에 간 게 끝이고, 그 이후에는 남편이랑 온천에도 못 가봤어요."

하지만 아키호는 불만이 없었다. 교사 시절에는 두 사람 다 잡무—교육이 아니라서 아이러니하지만—에 시달리느라 정신없이 바빴다. 요네야를 차리고 나서는 가게 운영만으로도 벅차서 여유가 없었다. 그러다 마침내 가게가 궤도에 오르고 여유가 생겨서 "조만간 사흘 정도 가게를 쉬고 여유롭게 여행이나 다녀오자"고 이야기하던 차에 마사요시가 세상을 떠났다. 조금 더 살았다면, 분명 해외에도 데려가 주었을 것이다.

"지금부터라도 남편을 다그쳐서 데려가 달라고 해 봐."

"그마저도 안 돼요. 남편이 10년 전에 죽었거든요."

사부로는 당황해서 조금 허둥거렸다.

"미안하네. 괜한 얘기를 했구먼."

"아니에요. 이제 익숙해요. 그리고 왠지 아직도 곁에 있는 느낌이 들어요. 이상하죠."

"아니, 안 이상해. 남편이랑 강한 인연으로 연결돼 있어서 그럴 거야. 그래서 한쪽이 먼저 떠났어도 마음은 이어져 있는 거지."

"그렇게 말씀해주셔서 감사해요."

그런데 사부로는 쓸쓸하게 미소 지었다.

"우리는 대체 어디서 잘못된 거지…."

아키호는 남의 일에 괜히 참견하면 좋지 않다는 것을 알면서도 눈앞에 있는 선량한 요리사의 근심거리가 신경 쓰여 가만히 있을 수 없었다.

"가족분들과 무슨 마찰이 있으세요?"

"마찰이라고 해야 하나….."

한차례 한숨을 흘리고는 나직하게 말을 이었다.

"자꾸 가게를 접으래. 집사람이랑 아들놈이."

"어머나, 왜요?"

"이제 나이도 많은데 가게를 계속할 필요가 있냐고. 물론 요즘 우리 가게 근처에서도 작은 공장이 하나둘 없어져서 옛날이랑 비교도 안 되게 손님이 줄었어. 하지만 계속 오는 단골도 있어. 가끔은 새로운 손님도 보이고. 아무튼 자택 겸 점포라서 월세도 필요 없고 집사람이랑 둘이서 하니까 인건비도 안 들어. 적자가 나는 거면 몰라도, 가끔은 이익이 나고 장사가 안돼도 손해는 없어. 그런 가게를 접으라고 하니까 나는 기가 막혀서….."

가슴속의 답답함을 토해내고 싶었나 보다. 사부로는 숨도 쉬지 않고 말했다.

"정말 그렇겠네요. 가게는 자식이나 마찬가지니까요. 저도 몸이 못 버티면 관두겠지만, 아직 멀쩡히 일할 수 있는데 은퇴하는 건 생각도 못 하겠어요."

아키호는 처자식에게 은퇴를 강요받는 사부로의 심정이 어떨지 이해되었다. 얼마나 분통하고 답답할까. 사부로가 나이에 비해 정정한 이유는 현역 요리사로서 가게를 꾸려나가는 덕분일 테니, 은퇴해서 무료하게 하루를 보내게 된다면 틀림없이 금세 늙어 버릴 것이다.

"그나저나 사모님이랑 아드님은 왜 갑자기 은퇴를 권유하세요?"

"아들놈이 사는 임대 아파트가 내년에 계약 만료 돼. 그래서 계약이 끝나는 김에 우리 가게를 2세대 주택으로 고쳐서 같이 살자는 거야. 그러면 우리 노후에 돌보기도 편하다고. …원 참, 기가 차서! 사람을 노인 취급하고 말이야."

아키호는 공감을 담아 고개를 끄덕였다. 사부로는 아마 '노후'를 생각해 본 적도 없을 것이다. 주방에 설 수 없게 되면 그때 인생이 끝나는 것이나 마찬가지다.

"사모님은 뭐라고 하세요?"

남편과 둘이서 오랫동안 가게를 꾸려 왔으니 애착이 있을 텐데….

"2세대 주택에 혹한 것 같아. 일을 관두고 취미 동호회에 들어가서 당일치기 버스 나들이나 다니면서 살아 보고 싶대."

그 마음도 진심으로 이해된다. 음식점을 운영하면 무조건 바쁘다. 시간에 여유가 있는 삶을 동경하게 된다.

"처음 1, 2년은 좋겠지만, 그 이후에는 시간이 남아돌지 않을까요? 사모님은 아직 60대시죠?"

"예순여덟. 네 살 아래야. 카와사키에서 일할 때 만나서 지금 운영하는 가게를 차리고 바로 결혼했어."

"그럼 사모님도 가게에 애착이 있으시겠네요. 둘이서 키워온 거니까요. 그런데 왜 남편의 마음을 몰라주시죠?"

사부로는 갑자기 겸연쩍은 표정을 지었다.

"…실은 그, 지난주에 작은 불을 냈어."

"불이요?"

사부로의 얼굴에서 점점 민망함이 묻어났다.

"그래. 냄비에 불이 붙어서 천장까지 타 버렸어. 다행히 불이 금방 수습돼서 큰 피해는 없었지만…."

말끝을 흐리는 것으로 보아 그 사건 때문에 사부로는 자신감과 자존심에 심하게 상처를 입은 듯했다.

"그래서 집사람이랑 아들이 겁을 먹었어. 이대로 가게를 이어가면 언젠가 큰 사고가 날 수도 있다는 거야. 가게에서는 기름 냄비랑 육수통이 항상 불에 올라가 있으니까 심한 화상을 입거나 큰불을 낼지 모른다고, 걱정돼서 가만히 있을 수가 없대."

그 이야기를 듣고 보니, 사부로의 처자식이 걱정하는 것도 과하다고 볼 수는 없었다.

사부로는 시무룩한 얼굴로 고개를 흔들었다.

"나도 이모처럼 전자레인지로 요리할 수 있으면 좋을 텐데, 도저히 불가능해."

"중화요리는 화력이 생명이죠…."

아키호도 한숨을 쉬었다.

사부로의 처자식이 걱정하는 이유는 중화요리가 불을 이용하기 때문이다. 만약 사부로가 스시 장인이었다면, 은퇴를 권하지 않았을지도 모른다.

그러나 강한 화력 없이는 맛있는 중화요리를 만들 수 없다. 중화요리에는 불이 필요하다.

…어라?

문득 누군가의 목소리가 머릿속을 스쳤다.

"긴자에 있는 미쉐린 2스타짜리 고급 중식당도 인덕션 레인지로 조리해요. 설명을 듣고 정말 깜짝 놀랐어요. 채소볶음은 아삭아삭하지, 로스트 치킨은 껍질이 바삭하고 속이 촉촉하지, 엄청 맛있었어요. 인덕션으로 그만한 수준의 요리가 가능할 줄은 몰랐어요. 조리 기구도 하루가 다르게 발전하는 것 같아요."

그래, 그거다!

"손님, 잠깐만 기다려 보세요!"

아키호는 2층으로 뛰어 올라갔다.

옷장 서랍에 넣어 두고 줄곧 꺼내 보지 않은, 카코가와 미마에게 받은 인덕션 레인지 팸플릿을 챙겨서 다시 계단을 뛰어 내려갔다.

가게로 돌아가 보니, 사부로는 어안이 벙벙한 표정으로 얌전히 앉아 있었다.

"이거요, 이거!"

아키호는 팸플릿을 사부로 앞에 내밀었다.

"화력이 엄청나서 채소는 아삭아삭하게 볶아지고, 닭고기는 껍질은 바삭하게, 속은 촉촉하게 구워진대요. 그런데 불은 안 나오니까 화재 걱정이 없어요. 이걸 쓰면 마음 놓고 가게를 운영할 수 있지 않겠어요?"

"인덕션이면, 전열기?"

사부로는 의심 어린 눈빛으로 팸플릿을 바라보았다.

"네, 그런데 과학이 발전해서 성능이 엄청 좋대요. 긴자에 있는 초일류 중국집에서도 이걸 쓴다고 들었어요. 으음, 맛집 리포터…, 카코가와 미마라는 사람 아세요?"

"알지. TV에 자주 나오잖아."

"그 사람이 이 팸플릿을 줬어요. 그러니까 터무니없는 얘기는 아닐 거예요. 한번 매장에 가서 실물을 확인해보시면 어때요?"

사부로의 표정이 살짝 흔들렸다.

"아! 만약 이 기계로 해결된다면 집을 2세대 주택으로 다시 지어도 1층에 가게를 열 수 있지 않을까요? 불날 걱정이 없으면 사모님과 아드님도 가게를 계속 운영하는 데

반대하지 않으실 거예요."

사부로의 눈이 생기 있게 빛났다.

"…그런가!"

아키호는 자기도 모르게 미소 지었다.

"이거 드릴게요."

"그래도 돼?"

"저희 가게는 당분간 설비를 바꾸지 않을 거라서요. 하루라도 빨리 사모님, 아드님과 상의해 보세요."

"고마워. 이 은혜는 안 잊을게."

사부로는 팸플릿을 겨드랑이에 끼고 가게를 뛰쳐나갔다. 그런데 세 발짝 걸어가다가 허둥지둥 걸음을 돌렸다.

"미안, 미안. 깜빡했군. 계산."

"네, 감사합니다."

아키호는 계산서를 손에 들고 다시 한번 미소 지었다.

신코이와역에 내렸을 때는 이미 땅거미가 진 뒤였다. 소부선 인근 역에는 대부분 역사 안에 상가가 있지만, 신코이와에는 그런 것이 없다. 작은 상점들이 한쪽에 밀집돼 있고 단결력이 강해서 반대 운동을 벌이기 때문이라는 이야기도 있다.

남쪽 출구와 연결되는 역전 광장 앞에는 아케이드 상점

가가 펼쳐져 있다.

루미에르 상점가라는 긴 상점가에서 남쪽으로 걷다가 중간에 나오는 골목에서 오른쪽으로 꺾고 첫 모퉁이에서 왼쪽으로 꺾는다.

목적지인 선술집은 그 골목에 있었다. 길을 헤맬 만큼 복잡한 길이 아니었다. 그런데 찾을 수가 없었다. 눈에 익은 예스러운 술집과 닭꼬치집은 있었다. 그런데 그 두 가게 사이에서 조심스레 붉은 초롱을 빛내는 선술집은 없었다. 셔터를 내린 사쿠라 접골원이라는 치료소가 있을 뿐이었다.

'이런 답답한 일이 있나.'

사부로는 왼쪽 옆에 있는 〈토리마츠〉라는 닭꼬치집 미닫이문을 열었다.

"어서 오세요."

카운터 안쪽에서 가게 사장이 인사했다. 일흔 살쯤 되어 보였다. 옆에서는 가게 사장의 아내로 보이는 여자가 생맥주를 잔에 따르고 있었다.

카운터에는 먼저 온 손님 여섯이 있었고, 네 명은 노인이었지만, 두 명은 젊은 남녀였다.

"저기, 잠깐 뭐 좀 묻겠습니다. 이 근처에 요네야라는 선술집이 있지 않습니까?"

사부로의 말에 등진 채 앉아 있던 손님 여섯 명이 일제

불꽃의 요리사

히 뒤돌아보았다. 그 시선에 사부로는 순간 움츠러들었다.

"뭐, 뭡니까?"

"저이도 아키호를 만났나 보네."

머리를 연보라색으로 물들인 노부인이 누구에게랄 것 없이 말했다.

"오지랖 넓은 성격은 저세상 가서도 여전한가 봐."

노부인의 말을 이어받아 턱수염을 기른 노인이 말했다.

"저세상에서도 계속 가게를 운영하나?"

머리가 시원하게 벗어진 노인이 중얼거리자, 낚시꾼이 입을 법한 주머니 많은 조끼를 걸친 옆자리 노인이 쓸쓸하게 웃었다.

"요네야는 막바지에 갑자기 안주의 수준이 올라갔잖아. 본인도 조금 더 오래 운영하고 싶었겠지."

"맞아, 맞아. 예전에 미츠코를 데려갔을 때 전갱이 타르타르에 버섯 가리비 아히요, 대구 바지락 종이포일 구이 같은 게 나왔어."

턱수염을 기른 타니오카 타스쿠가 말하자, 머리가 벗어진 쿠츠카케 나오타로는 그립다는 듯 말했다.

"실 다시마 죽, 맛있었지."

사부로는 상황 파악이 되지 않아서 헛기침했다.

"저기, 실례합니다. 요네야를 아십니까?"

미용실 리즈의 주인 이즈츠 코마키가 안쓰러운 표정으로 대답했다.

"요네야는 이제 없어요. 30년 전에 사장인 아키호 씨가 급사해서 문을 닫았어요."

"무, 무슨, 그럴 리가!"

사부로는 자기도 모르게 큰소리를 냈다.

"고약한 농담 하지 마세요. 나는 일주일 전에 그 가게에 갔단 말입니다. 거기 사장님이랑 대화도 하고, 한잔하면서 안주도 먹었습니다. 방금 누가 말한 아히요랑 종이포일 구이를 먹었어요. 마무리로 실 다시마 죽도 먹었습니다. 그게 꿈이나 환상이었다는 말입니까?"

사부로는 겨드랑이에 낀 A4 사이즈 봉투에서 인덕션 레인지 팸플릿을 꺼내 일동에게 보이도록 들어 올렸다.

"이건 거기 사장님이 준 겁니다. 이 기계를 사용하면 불을 쓰지 않아도 맛있는 중화요리를 만들 수 있다고 가르쳐 줬어요. 덕분에 나는 가게를 계속 이어 가게 됐습니다. 그래서 고맙다는 말 한마디라도 꼭 하고 싶어서…."

"저기…."

맨 끝자리에 앉은 젊은 여자가 조심스레 말을 걸었다.

"잠깐만 그 팸플릿 좀 봐도 될까요?"

사부로는 그제야 그 여자가 카코가와 미마임을 알아차

불꽃의 요리사

렸다.

"당신은 그 맛집 리포터…?"

사부로는 팸플릿을 내밀며 확인했다.

"네. 카코가와 미마예요. 이 팸플릿, 제가 이모님께 드린 것 같은데…."

"아, 맞아요, 그렇다고 들었습니다. 카코가와 미마한테 받았다고요."

미마는 갑자기 눈시울이 붉어졌다.

"이모님, 제가 별 뜻 없이 드린 팸플릿을 소중하게 써주셨군요. 이걸로 다른 사람을 도와주셨어요."

옆에 앉은 테시가와라 진도 눈물을 글썽였다.

"사장님, 정말로 가게에서 전갱이 타르타르를 만드셨군요. 먹으러 가겠다고 약속해놓고 지키지 못해서 죄송합니다."

코마키가 젊은이 둘에게 다정하게 말을 걸었다.

"그 말을 들었으면 아키호 씨가 틀림없이 기뻐했을 거야. 젊은 사람들한테 도움이 됐다고."

미즈노에 타이조가 사부로에게 말했다.

"젊은 사람이 아니어도 누군가에게 도움이 됐다면 틀림없이 기뻐했을 겁니다."

사부로는 그제야 상황을 파악했다. 자신이 만난 사람은 유령이었다.

하지만 소름 끼치는 느낌은 전혀 없었다. 그날 밤 마주한 다정한 마음씨가 또다시 천천히 가슴을 덥혔다.

"이 무슨 인연인지 모르겠지만, 요네야의 사장님 덕분에 나는 삶의 보람을 잃지 않을 수 있었습니다. 진심으로 감사를 전하고 싶습니다."

사부로는 깊이 고개를 숙이며 마음속으로 아키호를 향해 두 손을 모았다.

나오타로와 타스쿠, 코마키, 타이조, 그리고 진과 미마도 세상을 떠난 사람들과 아키호를 생각하며 마음속으로 합장했다.

《선술집 요네야》 간단 레시피

양배추 돼지고기 찜

〈재료〉 2인분

삼겹살 150g

양배추 잎 6장

유자후추 1작은술

술 1큰술

〈만드는 법〉

1. 유자후추와 술을 섞는다.

2. 1을 삼겹살에 한 장 한 장 조금씩 바르고 삼겹살과 양배추를
   층층이 쌓은 후 뚜껑 달린 그릇에 넣고 냉동고에 보관한다.

3. 냉동고에서 꺼내 용기 뚜껑을 살짝 열어둔 상태에서 전자레
   인지 600W로 4~5분간 익힌다.

4. 취향대로 폰즈를 찍어 먹는다.

★ 냉동하면 고기의 감칠맛과 채소의 단맛이 커지고 식감이
   부드러워져요.

버섯 가리비 아히요

〈재료〉 2인분

버섯 3종류 이상 300g

다진 마늘 1작은술

가리비(생물이든 익힌 것이든 상관없음) 150g

소금, 후추 적당량

올리브유 적당량

이탈리안 파슬리 적당량

〈만드는 법〉

1. 먹기 좋게 자른 버섯, 가리비, 올리브유, 마늘을 섞고 이탈리
   안 파슬리를 넣은 후 냉동백에 담아 냉동한다.

2. 냉동고에서 꺼낸 1을 작은 냄비에 담고 버섯이 익을 때까지
   끓인다.

3. 소금, 후추로 간을 한다.

★ 버섯의 맛이 기름에 배어 나오기 때문에 남은 기름을 볶음
  에 쓰거나 빵에 찍어 먹으면 맛있어요.

★ 이탈리안 파슬리는 말린 것보다 날것이 더 향과 풍미가 좋아요.

대구 바지락 종이포일 구이

〈재료〉 2인분

생대구 2토막	방울토마토 4개
바지락 12개	바질 적당량
소금, 후추 조금	백포도주 1큰술
다진 마늘 조금	올리브유 1큰술

〈만드는 법〉

1. 바지락은 해감해 둔다.
2. 대구에 소금과 후추를 치고 마늘을 바른다.
3. 방울토마토는 꼭지를 따서 반으로 자른다.
4. 한 변이 30센티인 정사각형으로 자른 유산지 중앙에 대구와 바지락, 방울토마토, 바질을 놓고 백포도주와 올리브유를 뿌린다.
5. 유산지 위쪽과 아래쪽을 모아서 포개고 양 끝을 비틀어 사탕처럼 싼다.
6. 전자레인지 600W로 4분간 익힌다. 바지락이 입을 벌리지 않았다면 1~2분 더 익힌다.

★ 유산지를 사용하기 때문에 아주 쉽게 만들 수 있어요. 실패가 없는 요리의 대표격이에요.

옮긴이 권하영

한국외국어대학교 일본어통번역학과를 졸업하고, 이화여자대학교 통역번역대학원에서 한일번역을 전공하였다. 번역작으로 《전남친의 유언장》, 《루팡의 딸2》, 《루팡의 딸3》, 《루팡의 딸4》, 《루팡의 딸5》, 《내가 나를 버린 날》, 《9번째 18살을 맞이하는 너와》, 《치유를 파는 찻집》, 《삐에로의 소원 해결소》 등이 있다.

시간을 잇는 선술집

초판 2024년 4월 15일 1쇄
저자 야마구치 에이코
옮긴이 권하영
디자인 전여원
ISBN 979-11-93324-16-5   03830

출판사 북플라자
주소 서울시 강남구 논현동 118-13 5층
홈페이지 www.bookplaza.co.kr